T0055218

ANTOLOGÍA DE RELATOS ROMÁNTICOS

APASIONADOS

ALMA CLÁSICOS ILUSTRADOS

ANTOLOGÍA DE RELATOS ROMÁNTICOS

APASIONADOS

Ilustrado por
Holly Jolley

Títulos originales: *La Comtesse de Tende; Ourika; The Trial of Love;* Барышня-крестьянка; *Roland, après Roncevaux; La Marquise; Les frères Van Bruck; La Maison du Vent; Véra; A Day of Days; Une veuve; The Sphinx Without a Secret;* Женщина без предрассудков; *The Merry Month of May; Georgie Porgie; Tea; Bliss*

www.editorialalma.com

@almaeditorial
@Almaeditorial

Diseño de la colección: lookatcia.com
Diseño de cubierta: lookatcia.com
Maquetación y revisión: LocTeam, S.L.

ISBN: 978-84-17430-95-5
Depósito legal: B5591-2020

Impreso en España
Printed in Spain

El papel de este libro proviene de bosques gestionados de manera sostenible.

Índice

Prólogo

> Desde aquel día, amo tanto a mi esposo que en algunas ocasiones, sobre todo cuando habla como acaba de hacerlo, me parece que voy a morir escuchándole. Pero ya no temo la muerte, puesto que ya he muerto una vez. Y, además, la muerte no separa, sino que une a los que se aman; él así me lo ha dicho.
>
> Alexandre Dumas, hijo, *La Casa del Viento*

Querido lector:

Si tienes este libro entre tus manos es porque eres una persona romántica y apasionada. Crees que el amor es un sentimiento sublime y no escondes tus emociones; disfrutas escuchando a Chopin y Debussy en noches de tormenta; te gusta pasear bajo la lluvia; aprecias la belleza de las cosas pequeñas, buenas y naturales, sin artificios ni sometimientos racionales. No hay nada más bello que un bosque sin ordenar o unas flores silvestres; los prefieres, sin duda, a los jardines podados y a los pomos de invernadero. Te emocionas leyendo relatos románticos de amor apasionado, los guardas en tu habitación, bien cerca de ti, para acudir a ellos siempre que lo necesitas.

Según la Real Academia de la Lengua Española, la palabra «romántico» tiene más de una acepción, a saber:

1. Perteneciente o relativo al Romanticismo o a sus modos de expresión.
2. Sentimental, generoso y soñador.

En esta antología de relatos románticos hemos querido unir las dos acepciones: relatos pertenecientes al Romanticismo y con el amor como hilo conductor. Con esta selección pretendemos descubrirte a algunos autores que quizás aún no conocías y presentarte otros textos de tus autores favoritos.

El amor... Ese fenómeno misterioso e irresistible que se manifiesta de manera súbita e inesperada, que da lugar a una auténtica catarsis emocional. Los ingleses lo definen muy bien con su *to fall in love,* literalmente «caer en el amor», pues el amor es inevitable y puede con todo, acaba venciendo incluso a las voluntades más firmes que se niegan a enamorarse. Finalmente, todos sucumbimos a él, de ahí su carácter romántico. El adjetivo «romántico» aparece por primera vez en Inglaterra (*romantic,* otra vez los ingleses) en la segunda mitad del siglo XVII en referencia, no sin ironía, a aquellas cosas que solo podían suceder en los libros, lejos de la realidad. La palabra deriva del francés *roman,* que significa «novela, fábula», y precisamente remite a lo fantástico, lo imposible. El amor romántico es, por tanto, algo fuera de lo ordinario y lo cotidiano, algo fuera de lo común. Con el tiempo, el término «romanticismo» evolucionó y reforzó su dimensión pasional, ardiente y no sometida a la razón.

El amor romántico es, por tanto, un anhelo que no tiene relación con las necesidades contractuales o económicas, ni con los impulsos carnales, y menos aún con la reproducción de la especie. El amor romántico tiene sus orígenes en el eros, en el mito del andrógino, en el *Cantar de los cantares,* en el amor cortés... Nace de la aspiración del hombre a lo superior, a lo trascendental, de la convicción de estar concebido para un destino más elevado que nacer, crecer, reproducirse y morir. Amamos gracias a la superioridad intelectual de la especie humana.

El Romanticismo fue un movimiento literario que nació en Alemania con Goethe, floreció en Inglaterra y llegó a las almas sensibles de todo el planeta, en las que encontró brillantes representantes. Por ello, para esta antología hemos escogido algunas de sus mejores representaciones en diferentes países: Alexandre Dumas, hijo, famoso por *La dama de las camelias,* obra cumbre del Rromanticismo y adaptada en numerosas ocasiones (fue inspiración de *La Traviata* de Verdi y de la película *Moulin Rouge*); Pushkin, que introdujo el Romanticismo en Rusia con *Onegin* (¡y vaya si se tomaron en serio el Romanticismo los rusos!); Bécquer, brillante pluma del Romanticismo español gracias a su capacidad para recuperar leyendas locales casi olvidadas; Horacio Quiroga, personaje tan trágico y selvático como sus obras... Junto a ellos, no pueden faltar otros grandes autores ya habituales en nuestras antologías, como Mary Shelley, Oscar Wilde, Henry James o Rudyard Kipling.

También hemos incluido a Madame de La Fayette, pese a ser anterior al Romanticismo, ya que en su obra encontramos los cimientos del relato romántico; escribió la primera novela psicológica, *La princesa de Clèves,* en la que desgrana la existencia de un sentimiento en el matrimonio: el amor. Es el amor el único plano en el que la mujer goza de una posición de igualdad o, incluso, en ocasiones, es sujeto de adoración.

Así pues, la selección recorre geografías y épocas distintas, con personajes variopintos y situaciones de lo más dispares, pero todo está unido por lo que las convierte en grandes historias: la pasión y los sentimientos de amor romántico que mueven a los protagonistas a actuar, a gozar, a sufrir y a sacrificarse, ya que el amor romántico, querido lector, pocas veces es alcanzable.

Esperamos que este libro te acompañe en las noches más bellas a la luz de la luna, pues, como dijo Lord Byron, «la noche fue hecha para amar».[1]

Blanca Pujals

1 Del poema *No volveremos a vagar.*

La condesa de Tende

Madame de La Fayette
(1634-1693)

La señorita de Strozzi, hija del mariscal y pariente cercana de Catalina de Médici, se desposó, en el primer año de la regencia de esta reina, con el rico y apuesto conde de Tende, de la casa de Saboya. Era el señor de la corte que con mayor boato vivía, puesto que era más dado a hacerse valorar que a agradar. Con todo, su esposa lo amó en un inicio apasionadamente. Pero ella era muy joven y él solo la miraba como se mira a una niña. Pronto se enamoró de otra. La condesa de Tende, mujer vivaz de raza italiana, se enceló. No se daba ni un minuto de descanso; no le daba ni un minuto de descanso a su marido. Él acabó por evitar su presencia y dejó de vivir con ella como se vive con la propia mujer.

Entretanto, la condesa fue ganando en belleza y gracia. El mundo empezó a verla con admiración y, procurando por sí misma, se curó de sus celos y su pasión. Se había hecho amiga íntima de la princesa de Neufchâtel, joven y bella viuda del príncipe del mismo nombre, que le había dejado al morir el principado que la convertía en el mejor y más brillante partido de la corte.

El caballero de Navarra, descendiente de antiguos soberanos de este reino, joven también en aquel entonces, bello, de grandes cualidades y alta nobleza, pero a quien la fortuna solo había prodigado el don de la buena cuna, puso sus ojos sobre la princesa de Neufchâtel, de quien conocía el talante y a la que consideraba persona capaz de sentir una pasión violenta y adecuada para hacer la fortuna de un hombre como él. Siendo esta la situación, se acercó a ella sin estar enamorado y atrajo su atención. Aunque pronto fue reconocido, aún estaba muy lejos de conseguir el éxito deseado. Nadie conocía su propósito, solamente a un amigo se había confiado, que era, a la vez, amigo íntimo del conde de Tende. Este amigo intercedió para que el caballero de Navarra contara su secreto al conde, en vistas a ser favorecido por la princesa de Neufchâtel. Al conde de Tende le agradó el caballero de Navarra y le habló de él a su mujer, por quien había empezado a tener mayor consideración y, al cabo, la obligó a hacer lo que él deseaba.

La princesa de Neufchâtel, por su parte, ya había confiado a la condesa de Tende su inclinación por el caballero de Navarra. La condesa debía solamente afianzar la relación. El caballero visitaba a la condesa de forma asidua para tomar las medidas oportunas que su propósito requería. Tanto visitó a la condesa que se enamoró apasionadamente de ella. Al principio no se abandonó. Pensaba en los obstáculos de estos sentimientos dispares entre el amor y la ambición que podían acabar afectando a su empresa. Se resistió, pero para resistir hubiera sido necesario no ver tan a menudo a la condesa de Tende. Y lo cierto es que, para acercarse a la princesa de Neufchâtel, la iba a ver todos los días. Fue así como acabó perdidamente enamorado de la condesa. No pudo ocultarle tanta pasión. Ella se dio cuenta, su amor propio se vio halagado y sintió por él una pasión igual de violenta.

Un día, mientras ella le hablaba de la gran fortuna de contraer matrimonio con la princesa de Neufchâtel, él, mirándola de un modo que reflejaba por entero su pasión, le dijo:

—¿Y cree usted, señora, que no hay otra fortuna mayor que yo pudiera preferir a la de casarme con esa princesa?

La condesa de Tende, azorada con las miradas y las palabras del caballero, lo miró con los mismos ojos que él la miraba. La turbación y el silencio que se produjo entre ellos fueron más significativos que las palabras.

A partir de aquel momento, la condesa cayó en un estado de agitación tal que le impedía reposar. La reconcomían los remordimientos de arrebatar a su amiga el corazón de un hombre con el que se iba a desposar únicamente para ser amada, con la reprobación de todo el mundo y a costa de su alto rango. Traición semejante la horrorizaba. La vergüenza y desdicha de su galanteo se le presentaron sin ambages. Vio el abismo al que se precipitaba y se decidió a evitarlo.

Llevó mal la decisión tomada al ver a la princesa casi resuelta a convertirse en la esposa del caballero de Navarra. Sin embargo, la princesa no estaba del todo satisfecha con la pasión que él le demostraba. Comparando la pasión que ella sentía, y alerta de los cuidados que él pudiera tomar para engañarla, creyó adivinar la tibieza de sus sentimientos y de ello se lamentó ante la condesa de Tende. La condesa la tranquilizó a este respecto, pero las continuas quejas de la princesa acabaron perturbándola. Se daba cuenta del alcance de su traición, que podía llegar a costar la fortuna de su amante. La condesa advirtió al caballero de Navarra de la desconfianza de la princesa. El caballero aprovechó para dar testimonio de su indiferencia por todo, excepto de ser amado por la condesa. Sin embargo, siguió las órdenes de la condesa y sirvió tan bien a la princesa de Neufchâtel que esta acabó por sentirse enteramente complacida por el caballero.

Los celos se adueñaron de la condesa y empezó a temer que su amante amara realmente a la princesa. Consideró todas las razones que para amarla se le presentaban. La boda entre ambos, que tanto había procurado, le causó espanto. Con todo, no quería que rompieran el compromiso y se halló sumida en una cruel incerteza. Al caballero de Navarra le habló de sus remordimientos al pensar en la princesa, con precaución de ocultar sus celos, y, en efecto, creyó haberlos ocultado.

La pasión de la princesa por el caballero de Navarra había superado al final todas sus reservas. Determinada a casarse, decidió hacerlo en secreto y no divulgarlo hasta más adelante.

La condesa de Tende iba a expirar de dolor. El mismo día que iba a celebrarse el matrimonio, tenía lugar una ceremonia pública a la que su marido asistiría. La condesa mandó que todas sus damas de compañía asistieran a la ceremonia, dejó dicho que no quería ver a nadie y se encerró en su gabinete. Tumbada en su diván, se abandonó a toda la crueldad que los remordimientos, el amor y los celos pueden provocar. Sumida en este estado, oyó abrirse la puerta secreta del gabinete y vio aparecer al caballero de Navarra con un porte y unas galas que jamás le había visto.

—Caballero, ¿adónde vais? —exclamó ella—. ¿Qué andáis buscando? ¿Habéis perdido la razón? ¿Qué va a ser de vuestra boda? ¿Habéis tomado en consideración mi reputación?

—No os inquietéis por vuestra reputación —replicó él—. Nadie puede saberlo. No pienso en mi matrimonio, en mi fortuna. Pienso únicamente en vuestro corazón, señora, y en ser amado por vos. Al resto, renuncio. Me habéis dejado ver que no me odiáis, pero me habéis querido ocultar que las muestras de felicidad que he dado por mi boda os apenan. Vengo a deciros, señora, que renuncio. Esta boda sería para mí un suplicio. Solo quiero vivir para vos. Ahora mismo, en este instante en el que os hablo, me esperan. Todo está dispuesto. Y, sin embargo, romperé el compromiso, si romperlo es de vuestro agrado y os da prueba de mi pasión.

La condesa se dejó caer en el diván en el que se reclinaba y miró al caballero con los ojos llenos de amor y de lágrimas:

—¿Acaso deseáis mi muerte? —le dijo—. ¿Creéis que un corazón puede resistir todo lo que vos me hacéis sentir? ¡Renunciáis por mi causa a la fortuna que os aguarda! No soporto siquiera pensarlo; debéis ir con la señora princesa de Neufchâtel; debéis alcanzar la grandeza que os ha sido destinada. Al mismo tiempo, tendréis mi corazón. Haré con mis remordimientos, mis incertidumbres y mis celos, debo confesároslo, lo que mi débil razón me aconseje. Pero no os volveré a ver si no acudís ahora mismo a firmar vuestro compromiso. No demoréis más el momento y, por amor a vos mismo, renunciad a una pasión tan insensata como la que me profesáis y que nos ha de conducir a horribles desgracias.

Al principio, el caballero se sintió henchido de gozo al verse realmente amado por la condesa de Tende. Pero el horror de entregarse a otra se le hizo presente y lloró, se afligió, le prometió todo lo que ella quiso a condición de poder volver a verla, incluso en aquel mismo lugar. Ella, antes de que partiera, quiso saber cómo había entrado. Él le contó que se había puesto en manos de un escudero de la condesa y que había sido él quien lo había hecho pasar por el patio de las caballerizas, donde se hallaba la escalinata que conducía a su gabinete y que igualmente comunicaba con la habitación del escudero.

La hora de la boda se acercaba y el caballero, apremiado por la condesa de Tende, se vio obligado, al fin, a despedirse. Marchó, como si marchara al suplicio, a la más grande y agradable fortuna que un joven sin bienes hubiera alcanzado antes. La condesa de Tende pasó la noche, como es de imaginar, agitada por sus inquietudes. Por la mañana llamó a sus damas de compañía y, poco después de haber abierto sus aposentos, vio que su escudero se acercaba a su cama y dejaba caer una carta sin que nadie se diera cuenta. La visión de la carta la alteró, puesto que adivinó que provenía del caballero de Navarra, aunque no era posible que aquella noche, la noche de bodas, hubiera tenido tiempo libre para escribirle. De este modo, temió que él hubiera puesto o se hubieran presentado obstáculos para su matrimonio. Abrió la carta llena de emoción y en ella halló estas palabras, casi literales:

> Solamente pienso en vos, señora; solo vos ocupáis mi pensamiento. En los primeros momentos de la posesión legítima del más grande partido de Francia, cuando apenas amanece, he abandonado el aposento donde he pasado la noche para anunciaros que ya me he arrepentido mil veces por haberos obedecido y por no haberlo dado todo por vivir más que por vos.

Esta carta, por los momentos en que fue escrita, emocionó sensiblemente a la condesa de Tende. Esa misma noche acudió a cenar a casa de la princesa de Neufchâtel, que así se lo había rogado. El secreto de su matrimonio había sido divulgado y la condesa encontró un infinito número de personas en la sala. Pero, tan pronto como la princesa la vio, abandonó a todo el mundo y le rogó que pasara a su gabinete. Apenas se habían sentado cuando el rostro de la princesa se cubrió de lágrimas. La condesa creyó que era aquel el efecto de la divulgación de la noticia de su boda y que la princesa había tenido más dificultades para soportarlo de las imaginadas. Pronto vio que se equivocaba:

—¡Ah, señora! —dijo la princesa—. ¿Qué he hecho? Me he casado con un hombre por pasión; he contraído un matrimonio desigual que todo el mundo reprueba, que me rebaja, y aquel a quien he preferido contra todo ama a otra.

Al oír estas palabras la condesa de Tende creyó desvanecerse. Pensaba que la princesa no podía haberse percatado de la pasión de su marido sin conocer a la amante. No pudo responder. La princesa de Navarra (así había que llamarla tras haber contraído matrimonio) no prestó atención y continuó:

—El príncipe de Navarra, señora, lejos de mostrar la impaciencia que le tenía que causar la consumación de nuestro matrimonio, ayer noche se hizo esperar. Vino sin alegría, la mente distraída, incómodo. Al apuntar el día ha salido de mis aposentos, con no sé cuál pretexto. Pero acababa de escribir. Lo he sabido por sus manos. ¿A quién ha podido escribir si no es a una amante? ¿Por qué hacerse esperar? ¿Qué lo incomodaba?

Al momento interrumpieron la conversación por la llegada de la princesa de Condé. La princesa de Navarra fue a recibirla. La condesa estaba fuera de sí. Por la noche escribió al príncipe de Navarra para avisarle de las sospechas de su esposa y para obligarlo a contenerse. Pero su pasión no se apaciguó por los peligros y los obstáculos. La condesa de Tende no hallaba reposo y el sueño ya no acudía para mitigar sus penas.

Una mañana, tras haber llamado a sus damas de compañía, su escudero se le acercó y le dijo en voz baja que el príncipe de Navarra se hallaba en su gabinete y la advertía de que debía decirle algo que era absolutamente necesario que supiera. ¡Se cede con tanta facilidad a aquello que nos complace! La condesa sabía que su marido había salido, de modo que fingió querer seguir durmiendo y ordenó a sus damas de compañía que cerraran las puertas y no acudieran si no las llamaba.

El príncipe de Navarra entró por el gabinete y se arrojó a sus rodillas, frente a la cama:

—¿Tenéis algo que decirme? —le preguntó ella.

—Que os amo, señora, que os adoro, que no sabré vivir con la señora de Navarra. El deseo de veros se ha apoderado de mí esta mañana con tal violencia que no he podido resistirme. He venido aquí sin pensar en lo que pudiera ocurrir, sin saber siquiera si podría hablaros.

La condesa le reprendió al principio por comprometerla tan a la ligera, pero acto seguido su pasión los condujo a una conversación tan larga que dio tiempo al conde de Tende de regresar de la ciudad. Enseguida se dirigió a los aposentos de su mujer, pero le dijeron que no estaba despierta. Como ya era tarde, no dejó por eso de entrar en su alcoba y allí encontró al príncipe de Navarra, de rodillas ante su cama, como había estado desde el comienzo. El conde de Tende nunca se había sorprendido tanto, y jamás una turbación había igualado a la que sentía su mujer. El único en conservar la presencia de ánimo fue el príncipe de Navarra, que, sin azorarse ni levantarse de su sitio, dijo al conde:

—Venid, venid. ¡Ayudadme a obtener esta gracia que de rodillas pido y me es rechazada!

El tono y la conducta del príncipe de Navarra dejaron en suspenso la sorpresa del conde de Tende.

—No sé —le respondió con el mismo tono que había utilizado el príncipe— si una gracia que solicitáis de rodillas a mi mujer cuando se me ha dicho que dormía y os encuentro con ella a solas, sin carroza en la puerta que os anuncie, será de aquellas que yo desearía que ella os concediera.

El príncipe de Navarra, tranquilo ya y sin el embarazo del primer momento, se levantó y se sentó, tomándose todas las libertades. La condesa de Tende, abrumada, disimuló su turbación ocultándose en la oscuridad de la cama.

El príncipe de Navarra tomó la palabra:

—Me censuraréis, pero debéis socorrerme. Amo y soy amado por la más adorable personalidad de la corte. Ayer noche me escabullí de casa de la princesa de Navarra y de todas mis gentes para acudir a una cita donde esa persona me esperaba. Mi mujer, que ya ha averiguado que me ocupo de otras cosas aparte de ella y que está atenta a mi conducta, ha sabido por mi gente que había salido. Los celos y la desesperación en que se halla no tienen igual. Le he dicho que he pasado las horas que tanto la inquietaban en casa de la mariscala de Saint-André, que no cuenta con muy buena salud y que casi no ve a nadie. Le he dicho que allí encontré solamente a la condesa de Tende y que ella podría dar fe de que había estado en esa casa toda la noche. Dadas las circunstancias, he decidido venir a confiarme a la señora condesa. Esta mañana me encontraba en casa de la Châtre, a tres pasos de aquí, y he salido sin que mi gente me viera. Me han dicho que la señora estaba despierta, no he encontrado a nadie en la antecámara y he entrado temerariamente. Rehúsa mentir en mi favor. Dice que no quiere traicionar a su amiga y me regaña concienzudamente. Hay que quitarle a la princesa de Navarra la inquietud y los celos por los que está pasando y evitarme a mí el mortal embarazo de sus reproches.

La condesa de Tende estaba más asombrada de la presencia de ánimo del príncipe que de la llegada de su marido y se tranquilizó al ver que las dudas del conde se disipaban. Este se unió a su mujer para censurar al príncipe por el abismo de desdichas al que iba a precipitarse y recordarle todo lo que debía a la princesa. La condesa acabó accediendo y prometió contarle a su amiga todo lo que su marido le ordenara.

Al marchar el príncipe, el conde lo detuvo.

—Como recompensa por el servicio que le vamos a prestar a costa de la verdad, al menos decidnos quién es esa adorable amante. No debe de ser una persona muy apreciable si está dispuesta a amaros y conservar con vos un comercio al mismo tiempo que os ve con una persona tan bella como la señora princesa de Navarra, a la que habéis desposado y a la que tanto le debéis. Debe de ser una estúpida, una cobarde, una grosera. En verdad, no se merece que turbéis una dicha tan grande como la vuestra y que os convirtáis en un ingrato y un culpable.

El príncipe no supo qué responder y fingió tener prisa. El mismo conde de Tende se encargó de hacerlo salir para que nadie lo viera.

La condesa se sentía abrumada por el peligro que había corrido, por las reflexiones que le habían causado las palabras de su marido y por la visión de las desdichas a las que su pasión la exponía; pero no tuvo la fuerza para liberarse de ella y continuó su relación con el príncipe. Lo veía algunas veces por intermediación de Lande, su escudero. La condesa se creía una de las personas más desdichadas del mundo, y en verdad lo era. La princesa de Navarra le hacía confidencias a diario de los celos de los cuales ella era la causa. Estos celos de su amiga la llenaban de remordimientos, pero cuando la princesa de Navarra se mostraba contenta con su marido, era ella quien a su vez los sentía.

Un nuevo tormento vino a añadirse a los que ya sufría: el conde de Tende se enamoró de ella como si no fuera su mujer. Nunca la abandonaba y quería recuperar los derechos que antes había desdeñado. La condesa se opuso con una fuerza y una acritud que llegaron al menosprecio. Apasionada por el príncipe de Navarra, se sentía herida y ofendida de cualquier otra pasión que no fuera la suya. El conde de Tende sufrió su proceder en toda su dureza. Lastimado en lo más vivo, aseguró que no la importunaría nunca más. Y, en efecto, la abandonó con total acritud.

Se acercaba la temporada de las campañas militares y el príncipe de Navarra tuvo que partir con el ejército. La condesa de Tende empezó a sentir el dolor de la ausencia y el temor a los peligros a los que se exponía. Decidió escapar de la obligación de esconder su aflicción y optó por ir a pasar el verano a unas tierras que poseía a treinta leguas de París. Llevó a cabo su empresa y su adiós fue tan doloroso que ambos hubieran podido adivinar en él un mal augurio. Mientras tanto, el conde de Tende acudió al lado del rey, al que estaba ligado por su cargo.

La corte debía acercarse al ejército y la casa de la condesa de Tende no quedaba muy lejos. Su marido le dijo que haría un viaje de una sola noche para concluir unos trabajos en la casa. No quiso dar a entender que era para verla, ya que sentía contra ella todo el despecho a que puede dar lugar la pasión. Por otro lado, la condesa de Tende halló al príncipe de Navarra tan lleno de respeto al principio y ella se sintió tan virtuosa que no desconfió ni de él ni de sí misma. Pero el tiempo y las ocasiones triunfaron sobre la virtud y el respeto y, al poco tiempo de estar en la casa, se dio cuenta de que estaba encinta.

Solo hay que considerar la reputación que había adquirido y conservado y el estadio al que había llegado en las relaciones con su marido para juzgar su desesperación. En distintas ocasiones se dispuso a atentar contra su vida; sin embargo, concibió alguna ligera esperanza con la visita que su marido le iba a hacer y decidió salir de ella con éxito. En tal abatimiento, sumó aún el dolor de saber que Lande, a quien había dejado en París para transmitir sus cartas y las de su amante, había muerto súbitamente y se encontró sin auxilio en un momento en el que tanto lo necesitaba.

Todo esto ocurría cuando el ejército había iniciado un asedio. Su pasión por el príncipe de Navarra le causaba continuos temores, incluso sumida en los terrores mortales que la agitaban. Y sus temores resultaron estar bien fundados. Recibió cartas del ejército, supo del fin del asedio, pero supo también que el príncipe de Navarra había muerto en la última jornada. Perdió el conocimiento y la razón. En diversas ocasiones fue privada tanto del uno como de la otra. Este exceso de infelicidad le parecía por momentos una especie de consuelo. Ya no le preocupaba el reposo, no temía ni por su reputación ni por su vida; solo la muerte le parecía deseable y en su dolor la esperaba, resuelta a ofrecérsela. Un resto de vergüenza la obligó a decir a sus gentes que sentía extremos dolores, para así dar un pretexto a sus gritos y lágrimas. Si mil adversidades la sacudieron, vio que las había merecido. Su naturaleza y el cristianismo le evitaron acabar siendo la homicida de sí misma y pospusieron la ejecución de lo que había decidido.

No hacía mucho tiempo que sentía estos violentos dolores cuando llegó el conde de Tende. Ella creía saber todos los sentimientos que su desdicha le podía inspirar, pero la llegada de su marido le causó una turbación y confusión nuevas. El conde supo, al llegar, que estaba enferma y, como él siempre había adoptado, a ojos del público y de los criados, todas las medidas para conservar su integridad, acudió primero a su habitación. La encontró fuera de sí misma, como una persona desquiciada, y ella no pudo contener las lágrimas que continuaba atribuyendo a los dolores que la atormentaban. El conde de Tende, conmovido por el estado en que la veía, se enterneció y, creyendo distraerla de sus dolores, le habló de la muerte del príncipe de Navarra y de la aflicción de su esposa.

La condesa de Tende no pudo resistir aquellas palabras. Sus lágrimas se redoblaron de tal modo que el conde de Tende se asombró, y casi entendió.

Salió de la habitación turbado y agitado. Le había parecido que su mujer no se hallaba en el estado que causan los dolores del cuerpo. Aquel redoblar de lágrimas al hablarle de la muerte del príncipe de Navarra le había impresionado. De repente, aquella ocasión en que lo halló de rodillas ante su cama se le presentó a la mente. Se acordó del proceder de la condesa cuando él quiso volver con ella y, al fin, creyó ver la verdad. Sin embargo, le quedaba aquella duda que el amor propio nos deja siempre ante las cosas que nos cuesta demasiado creer.

Su desesperación fue extrema y todos sus pensamientos, violentos. Sin embargo, al ser un hombre sensato, reprimió sus primeras reacciones y resolvió partir al día siguiente, al rayar el alba, sin ver a su mujer, dejando que el paso del tiempo le ofreciera mayor certidumbre para tomar una resolución.

Por muy abismada que la condesa de Tende estuviera en su dolor, no había dejado de percibir el poco control que mantenía sobre sí misma y la manera en la que su marido había salido de su habitación. Dudó de la verdad y, no sintiendo más que horror por la vida, se resolvió a perderla de una manera que no le impidiera guardar esperanzas en la venidera.

Después de examinar lo que iba a hacer, con mortal agitación, sumida en sus desdichas y arrepentida de su falta, al fin determinó escribir estas palabras a su marido:

> Esta carta me costará la vida, pero merezco la muerte y la deseo. Estoy encinta. El causante de mi desdicha ya no está en el mundo, al igual que el único hombre que conocía nuestro comercio. Nadie lo ha sospechado nunca. Había resuelto acabar con mi vida con mis propias manos, pero la ofrezco a Dios y a vos para expiar mi crimen. No he querido deshonrarme a los ojos del mundo porque mi reputación os concierne. Conservadla por amor a vos mismo. Haré público el estado en que me hallo. Hacedme perecer cuando deseéis y como os plazca.

Estaba amaneciendo cuando terminó de escribir esta carta, la más difícil quizá que jamás se haya escrito. La selló, se asomó a la ventana y, al ver al conde de Tende en el patio a punto de subir a su carroza, envió a una de sus damas con la carta y el encargo de decirle que no se trataba de nada apremiante y que la leyera cuando pudiera. La carta sorprendió al conde, que tuvo una especie de presentimiento, no de todo lo que iba a encontrar en ella, pero sí de algo que guardaba relación con lo que había sucedido en la vigilia. Subió a su carroza, completamente turbado, sin osar siquiera abrir la carta, a pesar de la impaciencia que tenía por leerla. Al final la leyó y tuvo conocimiento de su infortunio. ¡Cuántas cosas no llegó a pensar tras leerla! Si hubiera tenido testigos, el violento estado en el que cayó habría hecho pensar que había perdido la razón o que estaba a punto de perder la vida. Los celos y las sospechas fundadas preparan habitualmente a los maridos para hacer frente a sus infortunios, incluso conservan siempre algunas dudas. Lo que no tienen es la certeza que proporciona una confesión que siempre se eleva por encima de nuestra capacidad de razón.

El conde de Tende había considerado a su esposa una mujer encantadora, aunque él no la hubiera amado. En cualquier caso, le pareció siempre la mujer más adorable que jamás hubiese visto. En esos momentos, albergaba tanta sorpresa como furia y a través de una y de la otra, a pesar de sí mismo, sentía un dolor en que la ternura también tenía su parte.

Se detuvo en una casa que encontró en el camino y allí pasó algunos días agitado y afligido, como cabe imaginar. En un principio pensó todo lo que es natural pensar en esta tesitura. Pensaba en dar muerte a su mujer, pero la muerte del príncipe de Navarra y la de Lande, a quien reconoció fácilmente como el confidente, apaciguaron un poco su furor. No dudó de que su mujer le hubiera dicho la verdad al contarle que nadie jamás había sospechado de su comercio y juzgó que la boda del príncipe podía haber engañado a todos, ya que él mismo había sido engañado. Ante una convicción de tal valor como la que se presentaba ante sus ojos, esta completa ignorancia de la gente de su desdicha le supuso un alivio, pero las circunstancias que le hacían ver hasta qué punto él había sido engañado le laceraban el corazón y solamente respiraba venganza. Sin embargo, pensaba que si mataba a su mujer y se sabía que estaba encinta, la verdad se sospecharía fácilmente. Como era el más glorioso hombre de mundo, se inclinó por la opción que convenía mejor a su gloria y resolvió que el público no advirtiera nada.

Con este pensamiento, envió un caballero a la condesa de Tende para entregarle esta nota:

> El deseo de impedir el escándalo de mi vergüenza se sobrepone por el momento a mi venganza. Ya veré, más adelante, lo que ordenaré acerca de vuestro indigno destino. Comportaos como si siempre hubierais sido la que teníais que haber sido.

La condesa recibió esta nota con alegría. Creyó que así demoraba su muerte y, al ver que su marido consentía a que mostrara su embarazo, sintió que la vergüenza es la más violenta de todas las pasiones. Se encontró en una especie de calma al creer seguro que moriría viendo su reputación a salvo. Ya no pensó más que en prepararse para la muerte y, al ser una persona en la que todos los sentimientos eran vivos, abrazó la virtud y la penitencia con el mismo ardor con el que había vivido su pasión. Por otro lado, su alma desengañada estaba sumida en la aflicción. No podía posar los ojos en nada de este mundo que fuera más fuerte que la muerte misma; no veía otro remedio para sus desdichas que el fin de su desdichada vida. Algún tiempo pasó en este estado y parecía que estaba más muerta que viva. Al final, hacia el sexto mes de embarazo, su cuerpo sucumbió. Una fiebre continua se apoderó de ella y acabó alumbrando a causa de la violencia de su dolor. Tuvo el consuelo de ver a su hijo con vida y de estar segura de que no viviría y de que no daría un heredero ilegítimo a su marido. Ella misma expiró pocos días después y recibió la muerte con un gozo que antes nadie había sentido. Encargó a su confesor que fuera a llevar la noticia de su muerte a su marido para pedirle perdón de su parte y suplicarle que olvidara su memoria, que solo le podía ser odiosa.

El conde de Tende recibió la noticia sin crueldad, incluso con algunos sentimientos de piedad. Sin embargo, también sintió alegría. Aunque aún era un hombre joven y vivió hasta una avanzada edad, no se volvió a casar.

Ourika

Claire de Duras
(1777-1828)

Esto es estar solo; esto,
¡esto es la soledad!

Lord Byron

INTRODUCCIÓN

Hacía pocos meses que había llegado de Montpellier para ejercer la medicina en París, cuando fui requerido una mañana en el barrio de Saint-Jacques para asistir en un convento a una joven religiosa enferma. El emperador Napoleón había permitido recientemente el restablecimiento de algunos de estos conventos. Aquel al que yo me dirigía estaba dedicado a la educación de la juventud y pertenecía a la orden de las Ursulinas. La revolución había arruinado una parte del edificio. El claustro estaba al descubierto por uno de sus lados debido a la demolición de la antigua iglesia, de la que solo se conservaban algunos arcos. Una religiosa me introdujo en ese claustro, que cruzamos pisando unas alargadas losas planas que constituían el pavimento de esas galerías. Me di cuenta de que se trataba de tumbas, puesto que todas presentaban inscripciones, en su mayoría borradas por el tiempo. Algunas de esas piedras se habían roto durante la revolución. La hermana me lo hizo notar diciéndome que todavía no habían tenido tiempo de repararlas. Nunca había visto el interior de un convento; ese escenario era nuevo para mí. Del claustro pasamos al jardín, donde la religiosa me dijo que habían llevado a la hermana enferma. En efecto, la vi en el extremo de un largo paseo emparrado. Estaba sentada y un gran velo negro la envolvía casi por completo.

—Ha llegado el médico —dijo la hermana que me acompañaba, al mismo tiempo que se alejaba.

Me aproximé tímidamente, puesto que después de haber visto esas tumbas tenía el corazón en un puño y me figuraba que iba a ver una nueva víctima de los claustros. Los prejuicios de mi juventud se despertaban y mi interés por la enferma que iba a visitar se acrecía en proporción a la desdicha que yo suponía. Se giró hacia mí y me sorprendió enormemente ver que era negra. Mi sorpresa fue aún mayor al oír la delicadeza en la elección de las palabras que me dedicó a modo de saludo:

—Viene a visitar a una persona muy enferma —me dijo—, ahora deseo curarme, pero no siempre ha sido así, y quizá sea esa la causa de tanto daño.

Le pregunté sobre su enfermedad.

—Noto una opresión constante. No puedo dormir y la fiebre no me abandona.

Su aspecto confirmaba en demasía esa triste descripción de su estado. Su delgadez era extrema. Sus ojos muy brillantes y grandes. Los dientes, de una blancura cegadora, eran lo único que iluminaba su fisonomía. El alma vivía todavía, pero el cuerpo estaba destruido y lucía todas las marcas de una larga y violenta pena. Conmovido más allá de lo que las palabras puedan expresar, decidí intentarlo todo para salvarla. Empecé hablándole de la necesidad de aplacar su imaginación, de distraerse, de alejarse de pensamientos penosos.

—Soy feliz —me dijo—, nunca he sentido tanta calma y felicidad.

El tono de su voz era sincero. Esa dulce voz no podía engañar, pero mi asombro aumentaba a cada instante.

—No siempre ha pensado así —le dije—, y lleva usted la marca de largos sufrimientos.

—Sí, he tardado en hallar reposo para mi corazón, pero ahora soy feliz.

—Bien, siendo así —seguí—, es el pasado lo que hay que curar; hay que tener esperanza en que lo lograremos. Pero no puedo curarlo sin conocerlo.

—Por desgracia, no son más que locuras —respondió. Al decir estas palabras una lágrima humedeció el borde de su párpado.

—¡Y dice usted que es feliz! —exclamé.

—Sí, lo soy —repitió con firmeza—, y no cambiaría mi felicidad por el destino que en otro tiempo había deseado tanto. No guardo ningún secreto: mi desdicha es la historia de mi vida. Sufrí tanto hasta el día en que entré en esta casa que poco a poco mi salud se fue deteriorando. Me sentía perecer con alegría, puesto que no veía esperanza alguna en el porvenir. ¡Este pensamiento es culpable!, ya lo ve. Tengo mi castigo y, cuando al fin deseo vivir, quizá ya no pueda.

La tranquilicé y le di esperanzas de una pronta curación, pero al pronunciar estas palabras de consuelo, prometiéndole la vida, no sé qué triste presentimiento me advertía que era demasiado tarde y que la muerte había marcado ya a su víctima.

Visité en distintas ocasiones a esta joven religiosa. El interés que por ella me tomaba, al parecer, la emocionaba. Un día, ella misma retomó el tema al que yo deseaba conducirla.

—Las penas que he sufrido —dijo— pueden parecer tan extrañas que siempre he sentido una gran aversión a confiarlas a alguien; no hay juez que valga para las penas de los otros y los confidentes casi siempre acaban siendo acusadores.

—No tema eso de mí —le dije—, veo suficientemente bien los estragos que la pena ha causado en usted para creerla sincera.

—La encontrará sincera, pero le parecerá insensata.

—Admitiendo lo que usted dice —respondí—, ¿acaso eso excluye la simpatía?

—Casi siempre —dijo—; sin embargo, si para curarme tiene usted necesidad de conocer las penas que han destruido mi salud, se las confiaré cuando nos conozcamos un poco más.

Visité con más frecuencia el convento y el tratamiento que yo había indicado parecía producir algún efecto. Al final, un día del verano pasado, tras hallarla en el mismo lugar, sentada en el banco en que la vi por primera vez, retomamos la misma conversación, y me contó lo que sigue.

OURIKA

Me trajo del Senegal cuando contaba dos años el señor de B., que era, a la sazón, el gobernador. Se apiadó de mí un día que veía embarcar esclavos en un barco negrero que estaba a punto de zarpar. Mi madre había muerto y me llevaban a bordo, a pesar de mis gritos. El señor de B. me compró y, al llegar a Francia, me entregó a la mariscala de B., su tía, la persona más gentil de su tiempo y aquella que supo asociar a las cualidades más elevadas la bondad más admirable. Salvarme de la esclavitud, escoger como benefactora mía a la señora de B., fue darme dos veces la vida: fui ingrata con la providencia al no ser nada feliz. Pero ¿acaso la felicidad resulta siempre de los dones de la inteligencia? Yo me inclinaría por lo contrario: hay que pagar el don de saber con el deseo de ignorar. Ni siquiera la fábula nos cuenta si Galatea halló la felicidad tras recibir la vida.

Hasta mucho después no supe la historia de mis primeros días. Mis más antiguos recuerdos se remontan al salón de la señora de B. En él pasé mi vida, amada por ella, acariciada, mimada por todos sus amigos, abrumada por los regalos, halagada, exaltada como si fuera la criatura más ingeniosa y adorable. El rasgo principal de esa sociedad era el encaprichamiento, pero uno de tal suerte que el buen gusto sabía excluir lo que rezumara exageración: se elogiaba todo aquello que se prestaba al elogio; se excusaba todo aquello que se prestaba a la censura y, a menudo, por medio de una conducta más amable si cabe, se transformaba en cualidades lo que no eran más que defectos. Al éxito lo aúpa la audacia y al lado de la señora de B. uno valía todo lo que pudiera valer, y quizá un poco más, puesto que ella prestaba algo de sí misma a sus amistades sin sospecharlo: viéndola, escuchándola, uno creía parecerse a ella.

Vestida al estilo oriental, sentada a los pies de la señora de B., escuchaba, sin comprenderla todavía, la conversación de los hombres más distinguidos de aquella época. Yo no mostraba la agitación de los niños, más bien era pensativa y estaba feliz al lado de la señora de B. Amar, para mí, era estar allí, obedecerla, mirarla, sobre todo: no deseaba nada más. No me podía sorprender por vivir en medio del lujo, por estar rodeada de personas inteligentes y amables. No conocía nada más y, sin saberlo, desdeñaba enormemente todo lo que no perteneciera a aquel mundo en el que transcurría mi vida. El buen gusto es al espíritu lo que un buen oído es al sonido. Siendo aún muy pequeña, la falta de buen gusto me ofendía; lo sentía ya antes de poder definirlo y la costumbre me lo había hecho necesario. Tal disposición habría sido peligrosa si yo hubiera tenido un porvenir, pero porvenir no tenía, y eso era algo que ni tan siquiera sospechaba.

Cumplí los doce años sin haber tenido idea de que se podía ser feliz de otra manera. No me molestaba ser negra; todos me decían que era encantadora. Por otro lado, nada me hacía suponer que fuera una desventaja. Casi no veía a otros niños y solo tenía un amigo, al que mi color no le impedía quererme.

Mi benefactora tenía dos nietos, nacidos de una hija que había muerto. Charles, el menor, tenía más o menos la misma edad que yo. Educados juntos, era mi protector, quien me daba consejo y apoyo en mis pequeñas faltas. A los siete años fue al colegio: lloré al separarnos. Fue mi primera pena. Pensaba a menudo en él, pero casi nunca lo veía. Él estudiaba y yo, por mi parte, aprendía, para complacer a la señora de B., todo aquello que formaba parte de una educación perfecta. Quería que poseyera todos los talentos. Tenía yo buena voz y los maestros más dotados la ejercitaron. Sentía inclinación por la pintura y un célebre pintor, amigo de la señora de B., se encargó de dirigir mis esfuerzos. Aprendí inglés, italiano, y la señora de B. en persona se ocupaba de mis lecturas. Era la guía de mi espíritu, la formadora de mi juicio. Al conversar con ella, al descubrir los tesoros de su alma, sentía elevarse la mía. La admiración me abría el camino de la inteligencia. Desgraciadamente no preví que a estos agradables estudios les seguirían días tan amargos. Solo pensaba en complacer a la señora de B. Una sonrisa de aprobación de sus labios era todo mi porvenir.

Mientras tanto, las múltiples lecturas, especialmente de los poetas, empezaron a ocupar mi joven imaginación, pero sin objetivo, sin proyecto. Paseaba mis errantes pensamientos al azar y, con la confianza de mi temprana edad, me convencía de que la señora de B. sabría hacerme feliz: su ternura hacia mí, la vida que yo llevaba, todo perpetuaba mi error y permitía mi ceguera. Le voy a dar un ejemplo de los cuidados y atenciones que me dispensaba.

Quizá le costará creer, viéndome ahora, que fuera citada por la elegancia y belleza de mi porte. La señora de B. elogiaba a menudo lo que ella llamaba mi gracia y quiso que supiera bailar a la perfección. Para hacer brillar ese talento, mi benefactora dio un baile con sus nietos como pretexto, pero cuyo motivo real era el de mostrarme para mi lucimiento en una contradanza de cuatro partes del mundo en los que yo debía representar África. Se consultó a los viajeros, se hojearon libros de tradiciones, otros libros eruditos de música africana fueron leídos y, al fin, se escogió una *comba,* la danza nacional de mi país. Mi pareja de baile se puso un crespón sobre la cara: desgraciadamente, yo no lo necesitaba. Pero en aquel entonces no hice esta reflexión. Entregada al espectáculo, bailé la *comba* y obtuve todo el éxito que cabe esperar de la novedad y la elección del público, la mayoría amigos de la señora de B., que se entusiasmaron conmigo y creyeron complacerla dejándose llevar por toda la vivacidad de este sentimiento. Por otra parte, era una danza muy original. Se componía de una mezcla de figuras y pasos fijos; se pintaba así el amor, el dolor, el triunfo y el desespero. Yo no conocía todavía ninguno de estos movimientos violentos del alma, pero no sé qué instinto me llevó a adivinarlos. En fin, triunfé. Me aplaudieron, me rodearon, me abrumaron con elogios: fue un placer puro; nada turbaba en aquel entonces mi seguridad. Fue pocos días después de este baile cuando una conversación que escuché por casualidad me abrió los ojos y puso fin a mi juventud.

En el salón de la señora de B. había un gran biombo lacado. Este biombo ocultaba una puerta y se extendía hasta una de las ventanas; entre el biombo y la ventana había una mesa en la que alguna vez yo dibujaba. Un día que estaba retocando con aplicación una miniatura, absorta en mi trabajo, estuve largo rato inmóvil y, sin duda, la señora de B. creyó que habría salido. Entonces le anunciaron la llegada de una de sus amigas, la marquesa de ... Era una persona de cabeza fría y tal rasgo se manifestaba también en los tratos de amistad. Los sacrificios no le suponían nada, si eran por el bien y el provecho de sus amigos, aunque ella les hiciera pagar caro su afecto.

Inquisitiva y difícil, sus exigencias igualaban su devoción y era la menos amable de las amigas de la señora de B. Yo la temía aunque fuera buena conmigo, porque lo era a su manera: examinar, incluso con bastante severidad, era para ella señal de interés. Desafortunadamente, yo estaba tan acostumbrada a la benevolencia que la justicia me parecía una cosa terrible.

—Ya que estamos a solas —dijo la marquesa de ... a la señora de B.—, quiero hablarle de Ourika: cada vez resulta más encantadora, su carácter ya está bien formado, acabará conversando como usted, tiene muchos talentos, es original, natural, pero ¿qué será de ella? En fin, ¿qué hará usted con ella?

—Es una lástima —dijo la señora de B.—, a menudo pienso en eso y, se lo confieso, siempre con tristeza: la amo como si fuera mi hija; haría lo que fuera por verla feliz y, sin embargo, cuando pienso en su posición, no hallo solución. ¡Pobre Ourika! La veo sola, para siempre, ¡sola en la vida!

Me sería imposible pintarle el efecto que produjeron en mí esas pocas palabras; un rayo no habría sido más fulminante. Lo vi todo, me vi negra, dependiente, menospreciada, sin fortuna, sin apoyo, sin un ser de mi especie a quien unir mi suerte; hasta el momento un juguete, una distracción para mi benefactora; pronto rechazada en un mundo donde yo no estaba hecha para ser admitida. Una terrible palpitación se adueñó de mí. Mis ojos se ensombrecieron, el latir de mi corazón me llegó a quitar incluso la facultad de escuchar. Al fin me repuse lo suficiente para oír cómo continuaba esa conversación.

—Temo —decía la marquesa de ...— que la haga usted infeliz. ¿Qué la puede satisfacer, ahora que ha pasado su vida en la intimidad de vuestra familia?

—Pero continuará formando parte de ella —dijo la señora de B.

—Sí —retomó la marquesa de ...—, mientras sea niña. Pero tiene quince años. ¿Con quién la casará, con la inteligencia y la educación que le ha dado? ¿Quién querría casarse con una negra? Y si, con dinero de por medio, encuentra a alguien que consienta en tener niños negros, será un hombre de una condición inferior, con quien será desdichada. Solo puede desear a aquellos que no la desearán.

—Todo eso es verdad —dijo la señora de B.—, pero afortunadamente todavía no se da cuenta y siente un afecto por mí que espero que la preserve largo tiempo de conocer su situación. Para hacerla feliz habría sido necesario hacer de ella una persona vulgar y creo que, sinceramente, eso era imposible. Tal vez sea tan distinguida como para situarse por encima de su destino, al no haber podido quedar por debajo de él.

—Se hace usted quimeras —dijo la marquesa de ...—. La filosofía nos sitúa por encima de los males causados por la fortuna, pero es inútil contra los que derivan de haber roto el orden de la naturaleza. Ourika no ha cumplido con su destino: se ha situado en la sociedad sin permiso y esta se vengará.

—Doy por seguro —dijo la señora de B.— que es totalmente inocente de este crimen; es usted muy severa con esta pobre criatura.

—La quiero mejor que usted —retomó la marquesa de ...—. Deseo su felicidad y usted la está malogrando.

La señora de B. respondió con impaciencia y yo sentí que iba a ser la causa de una disputa entre las dos amigas. Entonces se anunció otra visita. Me escabullí detrás del biombo, me escapé, corrí a mi habitación y un diluvio de lágrimas alivió por un instante mi pobre corazón.

Representó un gran cambio en mi vida la pérdida de ese privilegio que hasta entonces me había rodeado. Existen ilusiones que son como la luz del día; cuando desaparecen, todo se pierde con ellas. En la confusión de las nuevas ideas que me asediaban, no hallaba nada de lo que antes me había distraído. Había caído en un abismo con todos sus terrores. El menosprecio por el que me veía perseguida, la sociedad en la que me sentía desplazada, ¡ese hombre al que darían dinero para que consintiera que sus hijos fueran negros!, todos estos pensamientos se alzaban sucesivamente como fantasmas y se encarnizaban conmigo como furias. El aislamiento, sobre todo. Esa convicción de hallarme sola para siempre en la vida. La señora de B. lo había dicho y a cada instante yo me lo repetía, ¡sola!, ¡sola para siempre! El día anterior, ¿qué me habría importado estar sola? No sabía nada, no lo sentía así. Necesitaba lo que amaba, no se me ocurría que lo que yo amaba no me necesitara a mí. Pero entonces, mis ojos se abrieron y la desdicha hizo entrar la desconfianza en mi alma.

Al volverme a encontrar con la señora de B., todo el mundo se asombró de mi cambio. Me preguntaron y respondí que estaba enferma. Se lo creyeron. La señora de B. mandó traer al doctor Barthez, que me examinó con atención, me tomó el pulso y dijo hoscamente que no me pasaba nada. La señora de B. se tranquilizó y trató de distraerme y divertirme. No oso decir lo ingrata que fui con esos cuidados de mi benefactora. Era como si mi alma se hubiera encerrado en sí misma. Los dones dulces de recibir son aquellos que se devuelven con el corazón. El mío estaba lleno de un sentimiento demasiado amargo para corresponder. Combinaciones infinitas de los mismos pensamientos ocupaban todo mi tiempo y se reproducían bajo mil formas distintas: mi imaginación les prestaba los colores más sombríos y a menudo pasaba las noches llorando. Me compadecía a mí misma hasta el agotamiento; mi rostro me horrorizaba; no osaba mirarme al espejo; cuando mis ojos caían sobre mis manos creía ver las de un simio; exageraba mi fealdad y el color me parecía el símbolo de mi reprobación; era el color lo que me separaba de todos los seres de mi especie, lo que me condenaba a estar sola, siempre sola, a no ser nunca amada. ¡Un hombre, con dinero de por medio, había de consentir, quizá, que sus hijos fueran negros! La sangre me hervía de indignación con este pensamiento. Hubo un momento en que tuve la idea de pedir a la señora de B. que me mandara de vuelta a mi país, pero allí también habría estado aislada. ¿Quién me habría escuchado? ¿Quién me habría comprendido? ¡Qué desdicha! Ya no pertenecía a nadie. ¡Era extranjera a la raza humana por entero!

Tuvo que pasar mucho tiempo para que asumiera la posibilidad de resignarme a tal suerte. La señora de B. no era una mujer devota y yo debía a un respetable capellán, que me había instruido para mi primera comunión, los sentimientos religiosos que albergaba. Eran sinceros, como todo en mi carácter, pero no sabía que, para ser provechosa, la piedad ha de hacerse patente en todas las acciones de la vida: mi piedad había ocupado algunos instantes de mis jornadas, pero había permanecido ajena a lo demás. Mi confesor era un santo anciano, poco suspicaz. Lo veía dos o tres veces al año y, como yo no imaginaba que las penas fueran pecados, nunca le hablaba de ellas, aunque estaban alterando sensiblemente mi salud.

Pero, cosa curiosa, ¡perfeccionaban mi espíritu! Un sabio de Oriente dijo: «Quien no ha sufrido, ¿qué ha de saber?». Vi que nada sabía antes de mi desdicha; todas mis impresiones eran sentimientos, no juzgaba; amaba; los discursos, las acciones, las personas, agradaban o desagradaban a mi corazón. En ese momento mi espíritu se había desasido de esos movimientos involuntarios: la pena es como un alejamiento, hace que juzguemos el conjunto de los objetos. Desde que me sentía ajena a todo, me había vuelo más difícil y examinaba, criticándolo, casi todo aquello que antes me había complacido.

Este estado no podía pasar por alto a la señora de B., aunque nunca supe si llegó a adivinar la causa. Quizá temía exacerbar mi pena si me permitía contarla. Pero la verdad es que me mostraba más bondad de la acostumbrada, me hablaba con total entrega y, para distraerme de mis penas, me contaba las suyas. Juzgaba bien mi corazón. No podía, en efecto, volver a interesarme por la vida si no era a través de la idea de ser necesaria o al menos útil a mi benefactora.

El pensamiento que más me atormentaba era el de que estaba aislada en el mundo y que podía morir sin dejar tristeza en el corazón de nadie. Era injusta con la señora de B. Ella me quería. Me había dado suficientes muestras de ello. Pero tenía otros intereses que pasaban por encima de mí. No envidiaba el cariño que sentía por sus nietos, sobre todo por Charles, pero me hubiera gustado poder decir como ellos: «¡Madre!».

Los vínculos familiares, sobre todas las cosas, me hacían percibirme de manera dolorosa. Yo nunca sería la hermana, la mujer, la madre de nadie. Imaginaba que había en estos vínculos más dulzura de la que seguramente poseían y negligía los que me eran permitidos, solo porque no podía alcanzar los otros. No tenía ninguna amiga, nadie tenía mi confianza. Lo que yo profesaba por la señora de B. era más culto que afecto, pero creo que sentía por Charles todo lo que se puede sentir hacia un hermano.

Estaba siempre en la escuela, que pronto iba a dejar para iniciar sus viajes. Partiría con su hermano mayor y un preceptor, e iría a Alemania, Inglaterra e Italia. Su ausencia se prolongaría durante dos años. Charles estaba entusiasmado con el viaje y yo..., yo solamente me sentí afligida en el último momento porque siempre me tomé a bien lo que le complacía. Nada le había dicho de las ideas que me ocupaban. Nunca lo veía solo y hubiera necesitado mucho tiempo para explicarle mi pena. Estoy segura de que entonces me habría comprendido. Pero tenía, con su aire dulce y considerado, cierta disposición a la mofa que me hacía retraerme. Es cierto que solo la ejercía sobre las ridiculeces de la afectación: todo lo que era sincero lo desarmaba. En fin, nada le dije. Su partida, por otro lado, era una distracción, y creo que me hacía bien afligirme por otra cosa que no fuera mi dolor habitual.

Poco tiempo después de la partida de Charles, la revolución se recrudeció. Todo el día oía hablar de ella en el salón de la señora de B. Los grandes intereses morales y políticos, que esa revolución estaba sacudiendo, abarcaban todo aquello que había ocupado a los espíritus superiores en todos los tiempos. Nada era capaz de ampliar y formar más mis ideas que el espectáculo de esa arena en la que hombres distinguidos ponían cada día en cuestión todo lo que hasta ese momento había creído. Profundizaban en todos los temas, se remontaban al origen de todas las instituciones, pero demasiado a menudo para hacerlas añicos y destruirlo todo.

Créame si le digo que, joven como yo era, ajena a todos los intereses de la sociedad, alimentando mi llaga secreta en soledad, la revolución produjo un cambio en mis ideas e hizo nacer en mi corazón algunas esperanzas, poniendo por un momento en suspenso mis males. ¡Rápido se busca aquello que pueda consolarnos! Entreví que en aquel gran desorden podría hallar mi lugar; que las fortunas perdidas, las clases confundidas, los prejuicios disueltos, tal vez condujeran a una situación en la que yo fuera menos extranjera y que, si tenía alguna superioridad del alma, alguna cualidad escondida, sería apreciada, puesto que mi color ya no me aislaría en medio de todo el mundo, como había sucedido hasta entonces. Pero lo que ocurrió fue que esas mismas cualidades que yo reconocía en mí se opusieron rápidamente a mi ilusión. No pude desear durante mucho tiempo el gran mal a cambio de un poco de bien personal. Por otro lado, me daba cuenta de la absurdidad de aquellos personajes que creían controlar los acontecimientos. Juzgaba mezquinos sus caracteres y adivinaba sus opiniones secretas.

Pronto, la falsa filantropía dejó de engañarme y renuncié a la esperanza viendo que aún quedaba mucho desprecio hacia mí en medio de tantas adversidades. No obstante, seguía interesándome por aquellas animadas discusiones, pero no tardaron en perder lo que les otorgaba más atractivo. Ya no nos encontrábamos en aquellos tiempos en los que se deseaba complacer a toda costa y en los que la primera condición para el triunfo era olvidar los éxitos del amor propio. Cuando la revolución dejó de ser una hermosa teoría y afectó a los intereses personales de cada uno, las conversaciones degeneraron en disputas y la acritud, la amargura y la verdadera personalidad ocuparon el lugar de la razón. Algunas veces, a pesar de mi tristeza, me divertía con todas aquellas vehementes opiniones que, en el fondo, no eran más que pretensiones, artificios o miedos. Pero la alegría que procede de la observación de lo ridículo no hace ningún bien. Hay demasiada maldad en esa alegría como para contentar a un corazón que solo se complace en alegrías inocentes. Se puede sentir esa alegría burlona sin dejar de ser infeliz y quizá la infelicidad nos haga más susceptibles de experimentarla, puesto que la amargura de la que el alma se nutre es el alimento habitual de ese triste placer.

La esperanza, pronto destruida, que me había inspirado la revolución no había cambiado en nada el estado de mi alma. Estaba siempre disgustada con mi destino y mis penas solo se aliviaban por la confianza y la bondad de la señora de B. En alguna ocasión, en medio de discusiones políticas de las que ella no conseguía mitigar la acritud, me miraba llena de tristeza; esa mirada representaba un bálsamo para mi corazón. Parecía estar diciéndome: «Ourika, ¡eres la única que me entiende!».

Se empezaba a hablar de la libertad de los negros: era imposible que ese tema no me afectara vivamente. Era una ilusión que aún me gustaba mantener, la de que, en otro lugar, al menos, contaba con mis semejantes. Como eran desdichados, me los imaginaba buenos y me interesaba por su suerte. Desgraciadamente, pronto fui desengañada. Las masacres de Santo Domingo me causaron un nuevo y lacerante dolor: hasta el momento me había entristecido pertenecer a una raza proscrita; desde entonces sentí vergüenza por pertenecer a una raza de bárbaros y asesinos.

Mientras tanto, la revolución hacía grandes progresos. Era aterrador ver como los hombres más violentos se adueñaban de todos los cargos. Pronto se vio que esos hombres no estaban dispuestos a respetar nada. Las terribles jornadas del 20 de junio y del 10 de agosto nos tendrían que haber puesto sobre aviso. Lo que quedaba de las amistades de la señora de B. se dispersó en esa época. Unos huyeron de la persecución a países extranjeros. Los otros se escondieron o se retiraron a provincias. La señora de B. no hizo ni lo uno ni lo otro. Se quedó en casa con una ocupación constante en su corazón, con un recuerdo, cerca de una tumba.

Hacía unos meses que vivíamos en soledad cuando, a finales del año 1792, apareció el Decreto de Confiscación de los Bienes de los Emigrados. En medio de ese desastre general, la señora de B. no se habría preocupado por la pérdida de su fortuna si no hubiera pertenecido a sus nietos, ya que, por unos acuerdos familiares, ella tan solo disponía de su usufructo. Decidió hacer regresar a Charles, el más joven de los dos hermanos, y enviar al mayor, que contaba casi veinte años, con el ejército de Condé. Estaban por entonces en Italia, terminando ese gran viaje iniciado dos años antes en circunstancias muy distintas. Charles llegó a París a comienzos de febrero de 1793, poco después de la muerte del rey.

Ese crimen causó a la señora de B. un violento dolor, al que se abandonó por entero. Su alma era lo suficientemente fuerte como para sentir el horror del delito con la misma intensidad del delito mismo. Los grandes dolores en la vejez tienen algo de conmovedor: cuentan con la autoridad de la razón. La señora de B. sufría con toda la energía de su carácter y su salud se alteró, pero nadie lograba consolarla o tan siquiera distraerla. Yo lloraba, me unía a sus sentimientos, probaba de elevar mi alma para alcanzar la suya, para sufrir al menos tanto como ella y con ella.

Casi no pensaba en mis penas mientras duró el terror. Me hubiera avergonzado ser infeliz ante aquellos grandes infortunios. Por otro lado, ya no me sentía aislada desde que todo el mundo era infeliz. La opinión es como una patria, es un bien del que se goza juntos, que hermana para sostenerla y defenderla. Algunas veces me decía que yo, pobre negra, me contaba, sin embargo, entre las almas elevadas por la necesidad de justicia que yo que solo podría acarrearles disgustos. Todo ello, como cabía esperar, fue expresado según el habla de los campesinos, aunque las ideas y sentimientos que demostraba, tan extraños en una joven humilde, impactaron a Alekséi. Entonces, utilizó toda su locuacidad para disuadir a Akulina de su propósito, intentó convencerla de la inocencia de sus intenciones, le prometió no darle jamás motivo para el arrepentimiento y obedecerla en todo, y le rogó que no lo privara del placer único de encontrarse con ella a solas, aunque fuera en días alternos o, siquiera, un par de veces por semana. Alekséi le hablaba imbuido de una pasión genuina y no había ninguna duda de que en aquel instante ya estaba enamorado de ella. Liza lo escuchaba en silencio.

—Dame tu palabra de que nunca te presentarás en la aldea buscándome o preguntando por mí —dijo ella por fin—. Y prométeme que no intentarás tener más encuentros conmigo que aquellos que yo misma convenga contigo.

Alekséi iba a jurárselo por el Viernes Santo, pero ella lo interrumpió:

—No necesito que me lo jures, me basta con tu palabra.

Acordado esto, charlaron amistosamente y dieron un paseo por el bosque hasta que Liza le dijo que era hora de volver. Cuando se despidieron y Alekséi se quedó a solas, no pudo evitar preguntarse cómo una humilde joven campesina había conseguido tanto poder sobre él en apenas dos citas. Su trato con Akulina tenía el encanto de la novedad y, por mucho que las reglas impuestas por la singular campesina le resultaran onerosas, la idea de faltar a su palabra no pasó por su mente en ningún momento. Lo cierto es que, a pesar del anillo macabro, de su misteriosa correspondencia y del aire de sombría decepción que lo rodeaba, Alekséi era un joven noble y apasionado que tenía un corazón puro capaz de disfrutar de los encantos de la inocencia.

Si me dejara llevar por mis deseos, ahora me pondría a describir aquí con todo lujo de detalles las citas de los dos jóvenes, el afecto que se fueron tomando el uno al otro, la confianza que fue creciendo entre ellos, las ocupaciones que compartían y sus conversaciones. Pero sé que la mayoría de los lectores no encontraría en ello tanto gusto como yo. Esos detalles tienen, además, un punto empalagoso, así que los omitiré limitándome a señalar que antes de que transcurrieran dos meses mi Alekséi ya estaba perdidamente enamorado, mientras que Liza, aunque más contenida, estaba animada por un sentimiento similar. Ambos se sentían felices de vivir el presente y poco pensaban en el futuro.

La idea de anudar lazos inquebrantables los visitaba a ambos con frecuencia, pero nunca se dijeron una palabra al respecto. Y la razón era evidente: por mucho que Alekséi se sintiera atraído por la dulce Akulina, no podía olvidar la distancia que mediaba entre él y la humilde campesina. Liza, por su parte, era consciente del odio que separaba a los padres de ambos y no se atrevía a poner esperanzas en una reconciliación. Además, su vanidad era alimentada en secreto por el oscuro y romántico anhelo de que aquella historia acabara con el hacendado de Tuguílovo rendido a los pies de la hija del herrero de Prilúchino. De repente, un importante suceso a punto estuvo de dar un súbito vuelco a la relación entre los dos jóvenes.

Una de esas mañanas claras y frías con las que tanto se prodiga el otoño ruso, Iván Petrovich Bérestov salió a dar un paseo a caballo, llevando consigo por si acaso a seis lebreles, al mozo de caballos y a unos cuantos recios muchachos armados con carracas. A esa misma hora, Grigori Ivánovich Múromski, seducido por el buen tiempo, mandó ensillar su yegua rabicorta y salió a recorrer al trote sus posesiones de británica apariencia. Cuando llegó a la linde del bosque, Grigori Ivánovich avistó a su vecino, que con su gorro de piel de zorro estaba sentado con aplomo sobre su caballo a la espera de ver aparecer a la liebre que los muchachos intentaban hacer salir, con la ayuda de gritos y carracas, de los arbustos donde se ocultaba. Si hubiera podido prever aquel encuentro, Grigori Ivánovich habría tomado otro camino, pero se había dado de bruces con Bérestov inesperadamente y lo tenía ahora a la distancia de un disparo de pistola. No había ya nada que hacer para remediarlo. Y Múromski, como cualquier europeo educado, dirigió los pasos de su yegua hacia su vecino y lo saludó cortésmente. Bérestov respondió al saludo con el mismo entusiasmo que un oso encadenado a la hora de saludar «a los señores» por orden de su domador. En ese mismo instante la liebre saltó y echó a correr campo a través. Bérestov y el mozo de caballos gritaron a todo pulmón, soltaron a los lebreles y los siguieron al galope.

Eso hizo que la yegua de Múromski, que nunca había asistido a una partida de caza, se asustara y se desbocara. Múromski, que se consideraba un experto jinete, la dejó correr y, en su fuero interno, se sintió aliviado de que la ocasión lo librara de un interlocutor que no le agradaba. Pero la yegua, al encontrarse de repente ante un barranco cuya presencia no había adivinado, se echó a un lado bruscamente y Múromski salió despedido de la silla. La caída sobre la tierra helada fue bastante dura y Múromski maldijo a la yegua rabicorta que, al percatarse de que había perdido al jinete, se había parado en seco, como si hubiera cobrado consciencia de su enojoso comportamiento. Iván Petrovich galopó hacia él preocupado por si se había hecho daño. El mozo de caballos, entretanto, tiró de la culpable yegua tomándola de las riendas y ayudó a Múromski a subir de nuevo a la silla. Bérestov lo invitó a su casa y Múromski no se pudo negar porque se sentía en deuda, de modo que Bérestov volvió a casa con la gloria de haberse cobrado una liebre y conduciendo a su adversario herido y prácticamente prisionero de guerra.

La conversación entre los vecinos durante el desayuno fue bastante amistosa. El desdichado jinete reconoció que después del golpe no se sentía con fuerzas para volver a caballo y pidió a su vecino una calesa. Cuando Bérestov lo acompañó hasta la puerta de la casa, Múromski se negó a marcharse hasta arrancarle su palabra de honor de que iría al día siguiente a almorzar a su casa de Prilúchino, como dos buenos amigos, con su hijo Alekséi Ivánovich. De ese modo, una vieja y muy enraizada enemistad parecía a punto de llegar a su fin gracias a una rabicorta y asustadiza yegua.

Liza corrió al encuentro de Grigori Ivánovich en cuanto lo vio llegar.

—¿Qué le ha pasado, padre? —preguntó sorprendida—. ¿Por qué cojea así? ¿Dónde dejó el caballo? ¿De quién es esta calesa?

—¡No lo adivinarías, *my dear*! —respondió Grigori Ivánovich, y le contó todo lo ocurrido.

Liza no daba crédito. Antes de que pudiera asimilarlo, Grigori Ivánovich le anunció que los dos Bérestov vendrían a comer a casa al día siguiente.

—Pero ¿qué dice? —preguntó ella, palideciendo—. ¿Los Bérestov? ¿Padre e hijo? ¡A comer aquí! ¡Usted haga lo que quiera, padre, pero yo no voy a aparecer por esa reunión!

—¿Has perdido la cabeza? —protestó su padre—. ¿Desde cuándo has sido tú tan tímida? ¿O acaso le profesas un odio hereditario a los Bérestov, como la protagonista de una novela? ¡Déjate de tonterías, por favor!

—No y no, padre. Por nada del mundo, ni por los más grandes tesoros, compareceré ante los Bérestov.

Consciente de que nada conseguiría de su hija oponiéndose, Grigori Ivánovich renunció a seguir la discusión, se encogió de hombros y se retiró a descansar después de su pintoresco paseo matinal.

Lizaveta Grigórievna corrió a su habitación y llamó a Nastia. Las dos se entregaron a una larga disquisición acerca de la visita del día siguiente. ¿Qué pensaría Alekséi si descubría en la educada señorita a la campesina Akulina? ¿Qué opinión se formaría sobre su comportamiento, las normas que lo guiaban y sobre su juicio? Por otra parte, a Liza le producía mucha curiosidad ver la reacción que podía provocar en él un encuentro tan inesperado como aquel... Y, de repente, tuvo una idea. Se la contó rápidamente a Nastia, se congratularon ambas de aquel golpe de ingenio y se pusieron manos a la obra sin más dilación.

Cuando se sentaron a desayunar a la mañana siguiente, Grigori Ivánovich preguntó a su hija si persistía en la decisión de esconderse de los Bérestov.

—Estoy dispuesta a recibirlos, si eso es lo que usted quiere, padre —comenzó ella—, pero le pongo una condición: sea como sea que yo comparezca ante ellos y sea cual sea mi comportamiento, usted no me reñirá, ni dará señal alguna de sorpresa o incomodidad.

—¡Otra vez con tus ocurrencias! —respondió su padre entre risas—. Bien, bien, tú haz lo que quieras, mi revoltosa de ojos negros.

A las dos en punto, un coche de factura doméstica tirado por seis caballos entró en el patio y bordeó la rotonda de césped verde. El viejo Bérestov subió al portal acompañado por dos lacayos de Múromski vestidos con libreas. Su hijo lo seguía a caballo, y juntos entraron en el comedor, donde la mesa ya estaba puesta. Múromski recibió a sus vecinos con exquisita amabilidad, les ofreció hacer una visita al jardín y al pequeño zoo antes de comer, y los condujo hasta ellos por senderos cuidadosamente barridos y cubiertos de arena. Para sus adentros, el viejo Bérestov se lamentaba de todo el trabajo y el tiempo empleados en afanes tan inútiles, pero callaba por educación. Su hijo no compartía ni el desdén del hacendado calculador ni la admiración del anglófilo vanidoso. Lo que sí esperaba con impaciencia era la aparición de la hija del anfitrión, de quien le habían llegado muchas noticias, y aun cuando su corazón, como bien sabemos, ya estaba ocupado, una hermosa joven siempre sería merecedora de su atención.

De vuelta en el salón, tomaron asiento y, mientras los mayores recordaban los viejos tiempos y compartían historias de su vida profesional, Alekséi se preguntaba qué actitud debía adoptar en presencia de Liza. Acabó decidiendo que lo más adecuado sería simular un gélido aire distraído y se preparó para ello. La puerta se abrió por fin y él volvió la cabeza con tamaña indiferencia y tal orgulloso desdén que hasta la más empedernida coqueta habría sufrido un estremecimiento. Desafortunadamente, en lugar de Liza quien apareció fue miss Jackson, blanquecina por los polvos, encorsetada, mirando al suelo y haciendo una ligera reverencia, de modo que la estudiada maniobra militar de Alekséi fue en balde. Antes de que consiguiera prepararse otra vez, la puerta se abrió de nuevo y, ahora sí, entró Liza. Todos se pusieron en pie y el padre comenzó las presentaciones antes de quedar paralizado un instante mordiéndose los labios precipitadamente... Liza, su Liza de tez morena, se había cubierto de blanquete hasta las orejas y llevaba las cejas más pintadas que miss Jackson. Además, llevaba unos tirabuzones falsos de un color mucho más claro que el de su propio cabello, cardados como la peluca de Luis XIV; las mangas *à l'imbécile* se inflaban como los miriñaques de madame de Pompadour; el talle estaba tan ceñido que parecía la letra «x», y todos los brillantes de su madre que todavía no habían sido empeñados lucían en sus dedos, cuello y orejas. Alekséi no pudo reconocer a su Akulina en aquella señorita tan esplendente como ridícula. Su padre se acercó a la mano que la muchacha presentaba y Alekséi también la besó, con desgana; cuando rozó sus dedos blancos tuvo la impresión de que temblaban. Entretanto, había tenido tiempo de reparar en el pie calzado con notable coquetería que la joven había adelantado con toda intención. Y eso compensó un poco la impresión que le había causado el resto del conjunto.

En cuanto al blanquete y las cejas pintadas, hay que reconocer que su inocencia y buen corazón le impidieron percatarse de ellos a primera vista, y después tampoco los advirtió. Grigori Ivánovich honró su promesa y se esforzó por disimular cualquier señal de sorpresa. Con todo, la ocurrencia de su hija le pareció tan graciosa que le costó mucho reprimirse. A la adusta inglesa, en cambio, aquello no le hizo ni pizca de gracia. Adivinaba que tanto el blanquete como la pintura de las cejas habían salido de su propia cómoda, y el rubor carmesí del enfado se abría paso entre la blancura artificial de su rostro. Lanzaba miradas encendidas a la traviesa joven, quien, posponiendo las explicaciones para un momento más propicio, hacía como que no las notaba.

Cuando se sentaron a la mesa, Alekséi continuó representando el papel de un joven distraído y meditabundo. Liza continuó haciendo remilgos, hablaba con murmullos y como cantando, y solo lo hacía en francés. Su padre no dejaba de mirarla, incapaz de comprender el propósito que animaba el comportamiento de su hija, pero bastante divertido con la situación. La inglesa estaba cada vez más enfurecida, pero no decía palabra. Solo Iván Petróvich estaba encantado: comía por dos, bebía con gusto, se reía de su propia risa y, de tanto en tanto, intervenía en tono jovial y se carcajeaba.

Finalmente, cuando dieron por terminada la comida y los invitados se hubieron marchado, Grigori Ivánovich dio rienda suelta a su risa y sus preguntas.

—¿Cómo se te ha ocurrido tomarles el pelo así? —preguntó a Liza—. Eso sí, te diré una cosa: esos polvos blancos te sientan de maravilla. No voy a sumergirme yo en los misterios de los afeites femeninos, pero yo en tu lugar seguiría usando blanquete. No mucho, naturalmente, pero un poco sí...

Liza no cabía en sí de gozo por el éxito de su ocurrencia. Abrazó a su padre, le prometió meditar sobre el consejo que le acababa de dar y corrió a apaciguar a la irritada miss Jackson, que a duras penas le franqueó el paso a su habitación y aceptó escuchar sus justificaciones. Liza le confesó la vergüenza que sintió de aparecer ante los invitados con una tez tan morena y le aseguró que no encontró el aplomo para pedir el blanquete, y eso provocó que... Y añadió que estaba segura de que la dulce y generosa miss Jackson la podría perdonar..., etc. Finalmente, una vez que miss Jackson se hubo convencido de que Liza no había pretendido burlarse de ella, se calmó, le dio un beso y hasta le regaló una cajita de blanquete inglés, un presente que Liza aceptó con muestras de sincero agradecimiento.

El lector habrá adivinado que a la mañana siguiente Liza corrió al bosque donde tenían lugar sus citas.

—Me han dicho, señor, que estuviste ayer donde mis señores. ¿Es cierto eso? —preguntó Liza en cuanto se encontraron—. ¿Qué te pareció la señorita?

Alekséi respondió que no se había fijado en ella.

—¡Oh, qué pena! —se lamentó Liza.

—¿Y eso por qué? —preguntó el joven.

—Ah, porque te quería preguntar si es cierta una cosa que dicen por ahí...

—Dime, ¿qué es lo que dicen?

—Pues que me parezco mucho a ella. ¿Es cierto?

—¡Qué disparate! Pero si a tu lado es feísima.

—¡Ay, señor, es muy grosero que digas esas cosas con lo blanca y lo presumida que es nuestra señorita! ¿Cómo me voy a comparar yo con ella?

Alekséi le juró y le perjuró que ella era más hermosa que cualquier señorita cubierta de polvos y, con afán de convencerla, comenzó a describir a su señora usando tales términos que Liza reía a mandíbula batiente.

—Bueno, pero de todos modos es una señorita —concluyó Liza— y, por muy ridícula que se vea, a su lado yo parezco una pobre analfabeta.

—¡Vaya! ¡En eso sí tenemos un motivo de preocupación! —admitió Alekséi—. Pero si así lo deseas, puedo comenzar a enseñarte las letras ahora mismo.

—¡Sí! Intentémoslo —se animó Liza—. ¿Por qué no?

Tomaron asiento y Alekséi sacó un lápiz y un cuaderno de notas del bolsillo. Akulina aprendió las letras del alfabeto con una celeridad prodigiosa. Alekséi estaba asombrado por la inteligencia de su amiga. A la mañana siguiente, Liza quiso escribir y, aunque en un primer momento el lápiz se le resistía, al poco rato ya garabateaba todas las letras con notable tino.

—¡Esto es un milagro! —dijo Alekséi, sorprendido—. Avanzamos más rápido que con el sistema de Lancaster.

En efecto, ya en la tercera lección Akulina leía pasablemente *Natalia, hija de boyardo,* puntualizando la lectura con observaciones que admiraban a Alekséi y llenando la hoja de aforismos que extraía de la propia historia.

Una semana después los jóvenes ya comenzaron a cruzarse cartas. Un hueco en un viejo roble les servía de improvisado buzón de correos. Nastia hacía las veces de cartero en secreto. Alekséi llevaba hasta el roble sus cartas escritas con grandes letras, y allí encontraba los folios azules de papel basto y llenos de garabatos que le dejaba su enamorada. Se veía que Akulina iba aprendiendo a expresar mejor sus ideas y que su intelecto se desarrollaba y educaba consecuentemente.

Entretanto, la relación recién iniciada entre Iván Petrovich Bérestov y Grigori Ivánovich Múromski se fue fortaleciendo poco a poco y terminó convirtiéndose en una amistad. Múromski suponía que a la muerte de Iván Petróvich toda su hacienda pasaría a manos de Alekséi Ivánovich, que se convertiría de esa manera en uno de los hacendados más ricos de toda la provincia, sin que existiera inconveniente alguno para que se casara con Liza. Por su parte, el viejo Bérestov, aun cuando le reconocía a su vecino cierto nivel de extravagancia (o, como él mismo decía, de tontería inglesa), no le negaba otras muchas virtudes, como, por ejemplo, una extraordinaria maña para los negocios. Además, Grigori Ivánovich era pariente cercano del conde Pronski, un hombre muy notable y poderoso que podía serle de gran utilidad a Alekséi, al tiempo que Múromski (así pensaba Iván Petróvich) probablemente se alegraría de darle a su hija un matrimonio tan ventajoso.

Hasta el momento los dos viejos habían estado cavilando en solitario, y el día que por fin conversaron acabaron dándose un abrazo, se prometieron mutuamente hacer los arreglos necesarios, y cada uno se fue por su lado a ocuparse de su parte. Múromski lo tenía difícil: le tocaba convencer a su Betsy para que intimara con Alekséi, a quien no había vuelto a ver desde aquella comida. En aquel momento dio la impresión de que no se habían caído muy bien, y lo cierto era que Alekséi no se había dejado ver por Prilúchino desde entonces y que Liza se encerraba en su habitación cada vez que Iván Petróvich les honraba con su presencia. Sin embargo, Grigori Ivánovich pensó que si Alekséi comenzaba a venir a visitarlos a diario, Betsy acabaría enamorándose de él. Ese era el orden natural de las cosas. El tiempo lo arregla todo.

Iván Petróvich albergaba menos dudas sobre el éxito de su propósito. Esa misma noche llamó a su hijo a su despacho, encendió una pipa y, tras unos instantes de silencio, le dijo:

—¿Cómo es que hace tanto tiempo que no me dices nada del ejército, Aliosha? ¿Será que la guerrera del cuerpo de húsares ya no te de seduce?

—No es eso, padre —respondió respetuosamente Alekséi—. Veo que usted no me quiere ver entre los húsares y mi deber es obedecerlo.

—Eso está muy bien —dijo Iván Petróvich—. Eres un hijo obediente y eso me consuela, porque yo tampoco quiero contrariarte. Por eso no voy a imponerte que ingreses en el servicio civil... Lo que sí me propongo es casarte.

—¿Con quién me pretende casar, padre? —preguntó sorprendido Alekséi.

—Con Lizaveta Grigórievna Múromskaya —respondió Iván Petróvich—. Una novia espléndida, ¿no crees?

—Padre, yo no tengo la menor intención de casarme.

—No la tendrás tú; por eso estoy yo aquí, para tenerla por ti.

—Diga lo que diga, a mí Liza Múromskaya no me gusta en absoluto.

—Ya te irá gustando. Te acostumbrarás y acabarás amándola.

—No me siento capaz de hacerla feliz, padre.

—Su felicidad no te corresponde a ti. ¿Qué me dices, pues? ¿Así es como acatas la voluntad de tu padre? ¡Basta ya!

—Como usted diga, pero no me quiero casar y no me casaré.

—¡Te casarás o te maldeciré! Y vive Dios que venderé la hacienda y me lo gastaré todo. ¡Ni medio rublo te voy a dejar! Te doy tres días para que te lo pienses, y guárdate de aparecer ante mi vista hasta entonces.

Alekséi sabía muy bien que cuando a su padre se le metía algo en la cabeza no se lo sacaban ni a martillazos, como decía Taras Skotinin. Sin embargo, Alekséi había salido a él, precisamente, y tampoco era hombre que cambiara de idea fácilmente. De vuelta en su habitación se puso a pensar en el alcance del poder paterno, en Lizaveta Grigórievna, en la promesa solemne que había hecho su padre de reducirlo a la pobreza y, finalmente, también en Akulina. En ese momento fue consciente por primera vez de que la amaba con todo su corazón. La idea romántica de casarse con una campesina y vivir de lo ganado con el sudor de su frente se le pasó por la mente, y a medida que ponderaba tomar esa decisión drástica, más razonable le parecía la apuesta. Las citas en el bosque se habían interrumpido tiempo atrás con la llegada de la temporada de lluvias, así que escribió a Akulina una carta con letra firme y estilo encendido, en la que le notificaba la calamidad que se cernía sobre ellos y le ofrecía su mano. Terminada la carta, se apresuró a dejarla en el buzón y se fue a dormir muy satisfecho consigo mismo.

A la mañana siguiente, Alekséi, todavía firme en su propósito, se dirigió a la casa de Múromski para sincerarse con él. Albergaba la esperanza de despertar su generosidad y convencerlo de sus intenciones.

—¿Está en casa Grigori Ivánovich? —preguntó al detener su caballo ante el portal del palacio de Prilúchino.

—No se encuentra aquí —respondió el criado—. Salió de casa a primera hora de la mañana.

«¡Qué lástima!», pensó Alekséi para sus adentros.

—¿Está, al menos, Lizaveta Grigórievna? —preguntó.

—Ella sí.

Alekséi saltó del caballo, dejó las riendas en manos del lacayo y avanzó hacia el salón sin esperar a que lo anunciaran.

«Que sea lo que tenga que ser —pensó mientras caminaba con paso resuelto—. Se lo explicaré a ella.»

Al entrar al salón, Alekséi se quedó de piedra. Liza... No, Akulina, la hermosa y morena Akulina no vestía el sarafán azul, sino el vestidito blanco de las mañanas, y estaba sentada junto a la ventana, leyendo una carta. Tan absorta estaba en la lectura que no se percató de la irrupción del joven. Alekséi no pudo contener una exclamación de júbilo. Liza se estremeció, levantó la cabeza, pegó un grito y quiso huir a la carrera. Él se abalanzó a sujetarla:

—¡Akulina! ¡Akulina!

Liza intentó escabullirse.

—*Mais laissez-moi donc, monsieur ! Mais, êtes-vous fou ?*[1] —repetía ella mientras intentaba zafarse.

—¡Akulina, querida mía! ¡Akulina! —repetía él besándole las manos.

Miss Jackson, que estaba siendo testigo de la escena, no sabía qué pensar. En ese instante se abrió la puerta y entró Grigori Ivánovich.

—¡Ajá! —exclamó Múromski—. Parece que ya se ha arreglado todo por aquí...

Los lectores me dispensarán de la superflua obligación de contarles el desenlace.

1 «¡Pero déjeme, señor! Pero ¿está loco?»

Roldán después de Roncesvalles

Alexandre Dumas, padre (1802-1870)

El peregrinaje a Rolandseck, o las ruinas de Roldán, es una necesidad no solo para las almas sensibles que viven a ambas orillas del Rin, desde Escafusa hasta Róterdam, sino también para los que habitan a cincuenta leguas tierra adentro. Si hay que creer en la tradición, fue allí donde Roldán, remontando el Rin para responder a la llamada de su tío, dispuesto a partir para combatir a los sarracenos en España, fue recibido por el anciano conde Raimundo. Este, al saber el nombre del ilustre paladín a quien tenía el honor de recibir en su casa, quiso que en la mesa fuera servido por su hija, la bella Hildegonda. Poco importaba a Roldán quién le sirviera mientras la cena fuera copiosa y el vino, bueno. Tendió entonces su vaso y una puerta se abrió: una bella doncella entró, con una jarra en la mano, y se dirigió al caballero. A mitad de camino, las miradas de Hildegonda y de Roldán se encontraron y, cosa extraña, ambos empezaron a temblar de tal manera que el vino se derramó sobre el enlosado, tanto por culpa del invitado como por culpa de la escanciadora.

Roldán debía partir al día siguiente, pero el anciano conde Raimundo insistió en que permaneciera en el castillo ocho días. Roldán sabía que debía ir a Ingelheim, pero Hildegonda posó sobre él sus bellos ojos y él accedió.

Al cabo de aquellos ochos días, los dos enamorados no se habían confesado su amor, sin embargo, al atardecer del octavo día, Roldán tomó de la mano a Hildegonda y la condujo a la capilla. Llegados ante el altar, se arrodillaron en un mismo gesto y Roldán dijo:

— No tendré otra mujer que Hildegonda.

—¡Dios mío! Recibid el juramento que os hago de ser vuestra si no soy de él —respondió Hildegonda.

Roldán partió. Transcurrió un año. Roldán hizo maravillas y la fama de sus proezas resonó desde los Pirineos hasta las orillas del Rin; luego, de pronto, se oyó vagamente hablar de una gran derrota y se mencionó el nombre de Roncesvalles.

Una noche, un caballero pidió hospitalidad en el castillo del conde Raimundo; llegaba de España, hasta donde había seguido al emperador. Hildegonda se aventuró a pronunciar el nombre de Roldán y entonces el caballero contó cómo, en el desfiladero de Roncesvalles, rodeado de sarracenos y al encontrarse solo contra cien, hizo sonar su olifante para llamar al emperador en su auxilio, y eso con tal fuerza que, aunque estaba a más de una legua y media de distancia, el emperador quiso volver; pero Ganelón se lo impidió y el sonido del cuerno fue muriendo, pues aquel era el postrer esfuerzo del héroe. Y entonces lo vio. Para que su renombrada espada Durandarte no cayera en manos de los infieles, trataba de romperla contra la roca; pero acostumbrada a hincar el acero, la Durandarte hendía el granito y Roldán tuvo que hundir la hoja en una grieta y partirla apoyándose en ella. Luego, cubierto de heridas, cayó junto a su espada rota murmurando el nombre de una mujer llamada Hildegonda.

La hija del conde Raimundo no derramó ninguna lágrima ni gritó; únicamente se levantó, pálida como la muerte, y se acercó al conde:

—Padre mío —le dijo—, vos sabéis lo que Roldán me prometió y lo que yo, por mi parte, prometí a Roldán. Mañana, con su permiso, entraré en el convento de Nonnenwerth.

El padre miró a su hija, negando tristemente con la cabeza, puesto que se decía a sí mismo: «¿Roldán lo era todo? Y yo, ¿yo no era nada?». Luego, recordando que era cristiano antes que padre, respondió:

—¡Que se haga la voluntad de Dios sobre todas las cosas!

Y a la mañana siguiente, Hildegonda entró en el convento. Luego, como ella tenía prisa por vestir el velo, puesto que le parecía que, cuanto más separada estuviera de la tierra, más cerca se encontraría de Roldán, obtuvo del obispo diocesano, que era su tío, que para ella se redujera el tiempo de noviciado a tres meses; al cabo de esos tres meses, pronunció sus votos.

No habían pasado ocho días de aquel hecho cuando un caballero pidió hospitalidad en el castillo del conde Raimundo. Cuando el conde lo recibió, el caballero se detuvo y lo miró con asombro, ya que, después de tres meses separado de su hija, el conde había envejecido más de diez años. Entonces el caballero alzó la visera de su yelmo.

—Padre mío —le dijo—, he mantenido mi palabra. ¿Hildegonda ha mantenido la suya?

El anciano dejó escapar un grito de dolor. Ese caballero era Roldán. Las heridas que había recibido eran profundas, pero no mortales. Tras una larga convalecencia, había emprendido el camino para encontrarse con su prometida. El anciano se apoyó en el hombro de Roldán; luego, reuniendo coraje, sin responder con una sola palabra, lo condujo a la capilla y allí, dando seña de que se arrodillase y arrodillándose él a su lado, le dijo:

—Recemos.

—¿Está muerta? —murmuró Roldán.

—¡Para vos y para el mundo, está muerta! ¿Acaso no había prometido ser solo vuestra o de Dios? Ha mantenido su palabra.

A la mañana siguiente, Roldán salió a pie, dejando su caballo y sus armas en el castillo del conde. Se adentró en el monte y por la tarde llegó a la cima de uno de los picos que dominan el río. Vio a sus pies, en el extremo de una isla verdeante, el convento de Nonnenwerth. En esos momentos, las monjas cantaban la salve y, en medio de todas aquellas voces santas que se elevaban al cielo, hubo una voz que fue directa a su corazón.

Roldán pasó la noche tendido en una roca. Al día siguiente, al rayar el alba, las monjas cantaron los maitines y volvió a oír aquella voz que hacía vibrar las fibras de su alma. Entonces resolvió construir una ermita en la cima de esa montaña a fin de no alejarse de su amada. Se puso manos a la obra.

Hacia las once, las monjas salieron a pasear por la isla; una de ellas se alejó de sus compañeras y fue a sentarse bajo un sauce a la orilla del agua. Iba velada, llevaba el mismo hábito que las otras religiosas y, sin embargo, Roldán no dudó ni un instante que fuera Hildegonda.

Durante dos años, mañana y tarde, Roldán oyó en medio de las voces religiosas esa voz que le era tan querida; durante dos años, todos los días, a la misma hora, la misma religiosa fue a sentarse en el mismo sitio, aunque cada día acudía con más lentitud. Al final, una tarde, la voz faltó. A la mañana siguiente, la voz volvió a faltar. Tocaron las once y Roldán esperó en vano. Las monjas pasearon como de costumbre por el jardín, pero ninguna de ellas fue a sentarse sola bajo el sauce a orillas del agua. Hacia las cuatro, cuatro monjas cavaron por turnos una fosa al pie del sauce; cuando la fosa estuvo cavada, Roldán volvió a oír los cantos, entre los cuales seguía faltando la más dulce y bella voz. La comunidad salió por entero escoltando un ataúd en el cual yacía una virgen con la frente coronada de flores y el rostro pálido al descubierto. Era la primera vez que, en dos años, Hildegonda había alzado su velo.

Tres días después, un pastor que había perdido su cabra trepó hasta la cima de la montaña y encontró a Roldán sentado, la espalda apoyada contra el muro de su ermita y la cabeza caída sobre el pecho. Estaba muerto.

La marquesa

George Sand
(1804-1876)

I

La marquesa de R… no era una mujer conocida por su notable ingenio, aunque en literatura sea común que todas las ancianas damas deban tenerlo chispeante. Su ignorancia era extrema sobre todas las cosas que el roce con el mundo no le había enseñado. Tampoco poseía esa extrema delicadeza de expresión, esa agudeza exquisita, ese trato maravilloso que distingue, según se dice, a las mujeres que han vivido mucho. Al contrario, ella era despistada, brusca, franca, alguna vez cínica. Destruía absolutamente todas mis ideas preconcebidas de una marquesa de los buenos tiempos. Y, sin embargo, marquesa era, y había visto la corte de Luis XIV; pero como ya entonces el suyo era un carácter excepcional, les ruego que no busquen en su historia un estudio serio de las costumbres de una época. Me parece tan complicado llegar a conocer bien una sociedad y poder representarla así en cada una de sus épocas que no quiero intentarlo, de ninguna manera. Me limitaré a contarles esos hechos particulares que establecen relaciones de simpatía entre los hombres de todas las sociedades y todos los siglos.

Nunca encontré nada de muy encantador en relacionarme con esta marquesa. Solo me parecía destacable por la prodigiosa memoria que había conservado de los tiempos de su mocedad y por la lucidez viril con la que expresaba tales recuerdos. Por el resto era, como todos los viejos, olvidadiza con lo sucedido en la vigilia e indiferente a los acontecimientos que no tenían una influencia directa sobre su destino.

La marquesa no había gozado de una de esas bellezas originales debido a las que, a falta de brillantez y presencia, una mujer no puede prescindir de la inteligencia y debe dar muestras de poseerla para hacerse atractiva. Muy al contrario, la marquesa había tenido la desdicha de ser incontestablemente hermosa. De ella solo he visto un retrato que, como todas las ancianas, había tenido la coquetería de instalar en sus habitaciones, a la vista de todos. En él estaba representada como una ninfa cazadora, con un corpiño de satén estampado de piel de tigre, mangas de encaje, un arco de madera de sándalo y una medialuna de perlas que se enredaba entre sus cabellos rizados. Era, a pesar de todo, una magnífica pintura y, sobre todo, mostraba una mujer admirable: alta, esbelta, morena, de ojos negros, rasgos severos y nobles, una boca roja que no sonreía y las manos que, según dicen, causaron la desesperación de la princesa de Lamballe. Sin los encajes, el satén y los polvos, hubiera sido realmente una de aquella ninfas altivas y ágiles que los mortales ven en lo profundo de las florestas o en la ladera de las montañas para acabar locos de amor y de pena.

No obstante, la marquesa había tenido pocas aventuras. Según su propia confesión, la habían tomado por pobre de espíritu. Los hombres blasonados de antaño amaban menos la belleza por ella misma que por sus coquetos halagos. Mujeres infinitamente menos admiradas le habían arrebatado a sus adoradores y, cosa extraña, a ella no parecía preocuparle demasiado. Lo que me había ido contando, a retazos, sobre su vida, me hacía pensar que aquel corazón no había tenido juventud y que la frialdad del egoísmo había dominado sobre cualquier otra facultad. Con todo, veía a su alrededor los afectos que tan revitalizantes resultan en la vejez: sus nietos la adoraban y ella hacía el bien sin ostentación; pero como no alardeaba de haber conocido príncipes y confesaba no haber querido nunca a su amante, el vizconde de Larrieux, no podía hallar otra explicación a su carácter.

Una noche, la encontré más comunicativa que de costumbre. Había algo de tristeza en sus pensamientos.

—Querido joven —me dijo—, el vizconde de Larrieux acaba de morir a causa de su gota. Para mí, representa un gran dolor, puesto que fui su amiga durante sesenta años. Además, es espantoso ver como la gente se va muriendo. Aunque nada haya de sorprendente de ese hecho. ¡Era tan viejo!

—¿Cuántos años tenía? —le pregunté.

—Ochenta y cuatro años. Yo tengo ochenta, pero no estoy enferma como él; espero vivir más. Pero ¡poco importa! Muchos de mis amigos se han ido este año y, por mucho que una se diga que es más joven y fuerte, es imposible no tener miedo al ver marchar así a sus contemporáneos.

—¿Y esa es toda la pena que siente por ese pobre Larrieux, que la adoró durante sesenta años y que no dejó de lamentar los rigores de usted sin desanimarse jamás? ¡Era el ideal del amante! ¡Ya no se hacen hombres como él! —le dije.

—No lo crea —respondió la marquesa con una fría sonrisa—. Ese hombre tenía la manía de quejarse y decirse infeliz. No lo era en absoluto; todos lo saben.

Al ver a mi marquesa presta a hablar, la apremié con preguntas sobre el vizconde de Larrieux y sobre ella misma. Y he aquí la singular respuesta que obtuve.

—Querido joven, ya veo que me tiene por una persona de carácter agrio e injusto. Es posible que así sea. Juzgue usted mismo; voy a contarle toda mi historia y a confesarle intimidades que no he desvelado a nadie. Usted, que pertenece a una época sin prejuicios, me hallará menos culpable de lo que yo me parezco a mí misma. En cualquier caso, sea la que sea la opinión que se forme de mí, no moriré sin hacerme conocer por alguien. Quizá me ofrezca usted alguna muestra de compasión que suavice la tristeza de mis recuerdos.

»Fui educada en Saint-Cyr. La educación brillante que allí se recibía no producía, en efecto, grandes frutos. Salí de allí a los dieciséis años para desposarme con el marqués de R..., que contaba cincuenta, y no osé quejarme, puesto que todo el mundo me felicitaba por aquel estupendo matrimonio y todas las muchachas sin fortuna envidiaban mi suerte. He tenido siempre poca gracia y en esa época era completamente boba. Aquella educación claustral acabó por anquilosar mis facultades ya de por sí tardas. Salí del convento con una de esas necias inocencias que, erróneamente, se consideran un mérito, cuando la verdad es que, a menudo, resultan nefastas para la felicidad a lo largo de la vida.

»Así pues, la experiencia que adquirí en seis meses de matrimonio encontró un espíritu tan estrecho para recibirla que no me sirvió de nada. Aprendí, no a conocer la vida, sino a dudar de mí misma. Entré en el mundo con ideas completamente falsas y prejuicios, cuyo efecto no he podido anular en toda la vida.

»A los dieciséis años y medio enviudé, y mi suegra, que se había hecho amiga mía por la nulidad de mi carácter, me exhortó a volverme a casar. Es cierto que estaba encinta y que la escasa pensión de viudedad que me dejaban debía volver a la familia, en el caso de que yo diera un padrastro a su heredero. Una vez concluido el luto, se me expuso al mundo y me rodearon de galanes. Entonces estaba en el apogeo de mi belleza y, según confesaban todas las mujeres, ningún talle y porte se podían comparar a los míos.

»El hecho es que mi marido, ese viejo libertino y aburrido que solo mostró hacia mí un desdén irónico y que se había casado para obtener un destino ligado a su enlace conmigo, me había dejado tal aversión por el matrimonio que no consentí en adquirir nuevos vínculos. En mi ignorancia de la vida, yo imaginaba que todos los hombres eran iguales, que todos tenían el corazón seco, esa ironía inmisericorde, esas caricias frías e insultantes que tanto me habían humillado. Por muy limitada que yo fuera, había comprendido a la perfección que los escasos arrebatos amorosos de mi marido se dirigían tan solo a una mujer bella y que en ellos no ponía nada de su alma. Para él, fui pronto una simple estúpida que lo hacía sonrojar en público y de la cual le habría gustado poder renegar.

»Esta funesta entrada en la vida me desencantó para siempre. Mi corazón, que quizá no estaba destinado a esa frialdad, se encerró en sí mismo y se envolvió de desconfianza. Los hombres me disgustaban, me producían aversión. Sus halagos me insultaban; solo veía en ellos a unos embusteros que se fingían esclavos para convertirse en tiranos. Les profesaba un resentimiento y un odio eternos.

»Cuando una no necesita la virtud, no la tiene; he aquí el motivo por el que, aun con las costumbres más austeras, yo no fui nada virtuosa. ¡Oh! ¡Cómo lamentaba no poder serlo! ¡Cómo envidiaba esa fuerza moral y religiosa que combate las pasiones y da color a la vida! ¡La mía fue tan fría e inútil! Lo que hubiera dado yo por tener pasiones que reprimir, una lucha que sostener, por poder ponerme de rodillas y rezar como aquellas muchachas que yo veía, a la salida del convento, manteniendo una recta conducta en el mundo durante algunos años a fuerza de fervor y resistencia. Desafortunadamente, ¿qué tenía yo que hacer en la tierra? Nada, solo engalanarme, exhibirme y agobiarme. No tenía corazón, remordimientos ni miedos; mi ángel guardián dormía, en vez de velar. En la Virgen y en sus castos misterios no hallaba ni consuelo ni poesía. No tenía necesidad alguna de protecciones celestiales, ya que los peligros no me acechaban y me menospreciaba por lo que habría debido ser mi gloria.

»Porque, cabe decir, me ensañaba conmigo tanto como con los demás, al hallar en mí esta voluntad del no amor, degenerada en impotencia. A menudo, había confiado a las mujeres que me apremiaban para elegir marido o amante el rechazo que me inspiraban las ingratitudes, el egoísmo y la brutalidad de los hombres. Se reían en mi cara cuando les hablaba así, asegurándome que no todos eran iguales que mi anciano marido y que los había que poseían sus secretos para hacerse perdonar defectos y vicios. Esta manera de razonar me sublevaba. Me sentía avergonzada de ser mujer al oír a otras mujeres expresar sentimientos tan groseros y reír como locas cuando la indignación se reflejaba en mi cara. Por un instante me imaginaba que yo valía más que ellas.

»Y luego, me reencontraba con dolor conmigo misma. El hastío me corroía. La vida de los demás era plena; la mía, vacía y ociosa. Me acusaba entonces de locura y de ambición desmesurada; me creía todo lo que me habían dicho esas mujeres risueñas y charlatanas que se tomaban la época que les había tocado vivir tal y como era. Me decía que la ignorancia me había perdido, que me había forjado esperanzas quiméricas, que había soñado con hombres leales y perfectos que no existían en este mundo. En otras palabras, me acusaba de todos los errores que se habían cometido contra mí.

»Mientras las mujeres esperaban verme pronto convertida a sus máximas y a aquello que ellas llamaban su sabiduría, me soportaron. Incluso hubo más de una que depositaba sobre mí una gran esperanza de justificación para sí misma, que había pasado de dar testimonios exagerados de una virtud arisca a una conducta disoluta y que acariciaba la idea de verme dar al mundo un ejemplo de ligereza capaz de excusar la suya.

»Pero cuando vieron que tal cosa no sucedía, que ya tenía veinte años y era incorruptible, me tuvieron horror. Fingían que yo era su crítica encarnada y viviente; se mofaban de mí con sus amantes y conquistarme fue el objeto de los más ultrajantes proyectos y las más inmorales empresas. Mujeres de alto rango en el mundo no se sonrojaban al tramar entre carcajadas infames complots contra mí y, con la libertad de costumbres del campo, fui atacada de todas las maneras con un encarnizamiento en el deseo que parecía odio. Hubo hombres que prometieron a sus amantes seducirme y mujeres que les permitieron intentarlo. Hubo anfitrionas que se ofrecieron a descarriar mi razón con la ayuda de los vinos de sus cenas. Hubo amigas y parientes que me presentaron, para tentarme, hombres que yo solo habría usado como hermosos cocheros. Como tuve la ingenuidad de abrirles mi alma, sabían bien que no era la piedad, ni el honor, ni un viejo amor lo que me preservaba, sino la desconfianza y un sentimiento de repulsión involuntario. No se abstuvieron de divulgar mi carácter y, sin tener en cuenta las incertitudes y angustias de mi alma, difundieron temerariamente que yo menospreciaba a todos los hombres. No hay nada que los hiera más que ese sentimiento. Perdonarían antes el libertinaje que el desdén. Y así pasaron los hombres a compartir la aversión que las mujeres me manifestaban. Únicamente me buscaron para satisfacer su venganza y luego burlarse de mí. Siempre leía la ironía y la falsedad escritas en las frentes y mi misantropía se iba acrecentando día a día.

»Una mujer menos apocada habría sacado provecho de todo eso; habría perseverado en la resistencia, aunque no fuera sino para acrecentar la rabia de sus rivales; se habría abocado abiertamente a la piedad para vincularse con la sociedad de ese pequeño número de mujeres virtuosas que, incluso en esos tiempos, servían de ejemplo a las gentes honestas. Pero yo no tenía la fuerza de carácter suficiente para hacer frente a la tempestad que arreciaba contra mí. Me veía abandonada, odiada, ignorada; mi reputación se sacrificaba con imputaciones horribles y extravagantes. Ciertas mujeres entregadas al más desenfrenado libertinaje fingían creerse en peligro cerca de mí.

II

»Mientras sucedía todo esto, llegó de provincias un hombre sin talento, sin ingenio, sin ninguna cualidad enérgica o seductora, pero dotado de un gran candor y de una rectitud de sentimientos escasa en el mundo en que yo vivía. Empecé a decirme que debía, al final, hacer una *elección,* tal y como lo llamaban mis compañeras. No me podía casar, siendo madre y no teniendo confianza en la bondad de ningún hombre. No creía tener ese derecho. Por consiguiente, era un amante lo que tenía que aceptar para estar a la altura de la compañía que frecuentaba. Me incliné a favor de este provinciano, cuyo nombre y rango en el mundo me procuraban bastante buena protección. Era el vizconde de Larrieux.

»Él me amaba, con toda la sinceridad de su alma. ¡Su alma! ¿Acaso tenía? Era uno de esos hombres fríos y rectos que ni siquiera poseen la elegancia del vicio o el ingenio de la mentira. Me amaba a su manera, como mi marido me había amado alguna vez. Estaba asombrado solo por mi belleza y no le valía la pena cansarse en descubrir mi corazón. En él no se trataba de desdén. Era ineptitud. Si hubiera encontrado en mí la capacidad de amar, no habría sabido cómo corresponderme. No creo que haya existido un hombre tan materialista como este pobre Larrieux. Comía con voluptuosidad, se dormía en todas las butacas y el resto del tiempo se daba al tabaco. Así pasaba el tiempo, ocupado en satisfacer algún apetito físico. No creo que llegara nunca a tener más de una idea al día. Antes de ser íntimos, lo traté amistosamente, porque si bien no hallaba en él nada excepcional, al menos no encontraba maldad alguna. Únicamente en esto consistía su superioridad sobre lo que me rodeaba. Yo acariciaba la idea de que, escuchando sus galanterías, me reconciliaría con la naturaleza humana. Así me confié a su lealtad. Pero apenas le hube dado sobre mí esos derechos que las mujeres débiles no recuperan jamás, me empezó a perseguir con una especie de obsesión insoportable y redujo todo su sistema de afectos a los únicos testimonios que era capaz de apreciar.

»Ya ve, amigo, pasé de Caribdis a Escila. En este hombre, con su gran apetito y sus costumbres de siesta, que yo había creído de sangre sosegada, ni tan siquiera había el sentimiento de esa fuente de amistad que yo esperaba encontrar. Decía entre risas que le resultaba imposible trabar amistad con una mujer bella. ¡Y si supiera usted a lo que él llamaba amor!

»No tengo la pretensión de haber sido moldeada con un barro distinto al de las otras criaturas humanas. Ahora que no soy de ningún sexo, pienso que, en aquel entonces, era igual de mujer que cualquier otra, pero me faltó el desarrollo de las facultades para encontrar un hombre al que pudiera amar lo suficiente como para arrojar un poco de poesía sobre los actos de la vida animal. No pudiendo ser así, usted que es un hombre y, por consiguiente, menos delicado en esta percepción de los sentimientos, debe comprender el disgusto que se adueña del corazón cuando una se somete a las exigencias del amor sin haber comprendido las necesidades. Al cabo de tres días, el vizconde de Larrieux me pareció insoportable. Sin embargo, querido, ¡jamás tuve la fuerza de desembarazarme de él! Durante sesenta años fue mi tormento y colmó mi hartazgo. Por complacencia, debilidad o aburrimiento, lo soporté. Siempre descontento con mis repulsas y siempre atraído por los obstáculos que yo ponía a su pasión, tuvo por mí el amor más paciente, el más valiente, el más constante y el más enojoso que un hombre haya tenido jamás por una mujer.

»Cierto es que, desde que lo erigí en protector mío, mi situación en el mundo era infinitamente menos desagradable. Los hombres ya no osaban irme detrás, puesto que el vizconde era un terrible duelista y un celoso atroz. Las mujeres que habían predicho que yo era incapaz de atrapar a un hombre veían con despecho al conde enganchado a mi coche. Quizá había en mi paciencia hacia él un poco de esa vanidad que no permite a una mujer parecer desatendida. Sin embargo, no había nada de lo que vanagloriarse en la persona de este pobre Larrieux. Era bastante apuesto, tenía corazón, sabía callar cuando debía, llevaba un gran tren de vida y no carecía de la modesta fatuidad que hace resaltar el mérito de una mujer. En fin, además de que las mujeres no desdeñaban del todo esa fastidiosa belleza que a mí me parecía el principal defecto del vizconde, estaban sorprendidas de la devoción sincera que me profesaba y lo proponían como modelo de sus amantes. Me encontraba, por tanto, en una situación envidiable. Pero eso, se lo aseguro, apenas me compensaba los fastidios de la intimidad. Los soportaba, sin embargo, con resignación, y mantenía con Larrieux una inviolable fidelidad. Vea, querido joven, si fui tan culpable para con él como usted cree.

—La he comprendido perfectamente —le respondí—; que es como decir que la compadezco y la aprecio. Hizo usted un verdadero sacrificio ante la moral de su tiempo y fue perseguida por la conducta contraria a aquella que hoy la deshonraría y condenaría. Con algo más de fuerza moral, habría encontrado en la virtud toda la felicidad que no halló en una intriga. Pero deje que me asombre de un hecho: que no haya encontrado usted, en el curso de su vida, un solo hombre capaz de comprenderla y digno de convertirla al verdadero amor. ¿Debemos concluir que los hombres de hoy valen más que los de antaño?

—Sería eso engreimiento por su parte —me respondió entre risas—. Tengo muy poco que loar de los hombres de mi tiempo; sin embargo, dudo que hayan hecho ustedes muchos progresos. Pero no moralicemos. Son como son. La culpa de mi desdicha es toda mía. No estaba en disposición de discernir. Con mi salvaje orgullo, debería haber sido una mujer superior y escoger de un vistazo, como un águila, entre todos aquellos hombres insulsos, falsos y vacuos, uno de esos seres verdaderos y nobles que son escasos y excepcionales en todos los tiempos. Era demasiado ignorante, demasiado limitada para eso. A fuerza de vivir, adquirí más juicio, me di cuenta de que algunos de entre ellos, que en mi odio no había sabido discernir, merecían otros sentimientos. Pero para entonces ya era demasiado vieja. No era ya el tiempo de percatarse de algo así.

—Y, mientras fue usted joven —retomé—, ¿nunca estuvo interesada en intentarlo de nuevo? ¿Jamás se tambaleó esa aversión feroz? Es extraño.

III

La marquesa guardó silencio un segundo, pero de pronto, colocando con ruido sobre la mesa la tabaquera de oro que durante rato había hecho rodar entre sus dedos, dijo:

—Está bien; ya que he empezado a confesarme, se lo diré todo. ¡Escuche con atención!

»Una vez, una sola vez en mi vida he estado enamorada, pero enamorada como nadie lo ha estado, con un amor apasionado, indomable, devorador y, sin embargo, ideal y platónico como ninguno. ¡Oh! Le asombra saber que una marquesa del siglo XVIII no tuviera en su vida más que un amor, ¡y que fuera un amor platónico! ¿Lo ve? Ay, mi niño, ustedes los jóvenes, que creen conocer bien a las mujeres, no entienden nada. Si muchas viejas de ochenta años se pusieran a contarles su vida con total sinceridad, quizá descubrirían en el alma femenina fuentes de vicio y de virtud de las que no tienen ni la menor idea.

»¡Pruebe usted a adivinar de qué rango era el hombre por el que yo, marquesa, y marquesa altiva y arrogante como ninguna, perdí la cabeza!

—El rey de Francia o el delfín de Luis XIV...

—¡Oh! Si empieza por ahí, necesitará tres horas para llegar hasta mi amado. Prefiero decírselo: se trataba de un actor.

—Sería en cualquier caso un rey, imagino.

—El más noble y elegante que subiera jamás a unas tablas. ¿Está sorprendido?

—No demasiado. He oído decir que estas uniones desiguales no eran raras, incluso en tiempos en los que los prejuicios tenían más peso en Francia. Entonces, ¿qué amiga de madame d'Épinay vivía con Jéliotte?

—¡Qué bien conoce nuestra época! Da pena. Y precisamente porque esos rasgos están consignados en las memorias y se citan con asombro, debería usted deducir su rareza y carácter contradictorio con las costumbres de aquel tiempo. Esté seguro de que ya entonces causaban un gran escándalo. Cuando oye hablar de horribles depravaciones, del duque de Guiche y de Manicamp, de la señora de Lionne y su hija, puede dar por cierto que aquellas cosas eran tan indignantes cuando sucedieron como ahora que usted las lee. No vaya a creer que los de la pluma escandalizada que lo han transmitido eran las únicas personas honestas de Francia.

No osaba contradecir a la marquesa y, no sabiendo cuál de los dos sería más competente para zanjar la cuestión, la conduje de vuelta a su historia, que retomó así:

—Para probarle hasta qué punto ciertas relaciones eran poco toleradas, le diré que la primera vez que vi al actor y expresé mi admiración a la condesa de Ferrières, que estaba a mi lado, me respondió: «Querida, hará bien de no expresar su opinión con tanto ardor ante otra que no sea yo; se mofarían de usted cruelmente si fuera sospechosa de olvidar que, a ojos de una mujer de alta cuna, un actor no puede ser considerado un hombre».

»Estas palabras de la señora de Ferrières me afectaron en el ánimo sin que yo llegara a conocer el motivo. En la situación en la que me hallaba, ese tono de menosprecio me parecía absurdo y ese temor a que me comprometiera la admiración por un cómico, una hipócrita maldad.

»Se llamaba Lélio, era italiano de nacimiento, pero hablaba francés de manera admirable. Podría tener treinta y cinco años, aunque en el escenario a menudo parecía no tener más de veinte. Interpretaba Corneille mejor que Racine, pero en los dos era inimitable.

—Me sorprende —dije yo interrumpiendo a la marquesa— que su nombre no se haya conservado en los anales del talento teatral.

—Nunca tuvo fama —respondió ella—; no se le apreciaba ni en la villa ni en la corte. Oí decir que en sus comienzos le habían silbado, ultrajándolo. Más adelante, se tuvo en cuenta su ardor y sus esfuerzos por perfeccionarse; se le toleró, algunas veces se le aplaudió; pero, en resumen, se le consideró siempre un actor vulgar.

»Era un hombre que, en materia de arte, no pertenecía a su siglo, como yo, en materia de moral, no pertenecía al mío. Quizá fuera ese el vínculo inmaterial, pero todopoderoso, que, desde los dos extremos de la escala social, atrajo nuestras almas la una hacia la otra. El público no comprendía a Lélio y, del mismo modo, el mundo me juzgó a mí. «Este hombre exagera —se decía de él—; se fuerza, no siente nada.» Y de mí, por otra parte, se decía: «Esta mujer es desdeñosa y fría; no tiene corazón». Y quién sabe si no éramos los dos seres que sentíamos más vivamente en aquellos tiempos.

»En aquel entonces, la tragedia se interpretaba con decencia. Hacía falta tener buen tono, incluso al dar una bofetada. Hacía falta morir convenientemente y caer con gracia. El arte dramático estaba en su niñez. La dicción y el gesto de los actores estaba en relación con los miriñaques y los polvos con los que aún se representaba a Fedra o Clitemnestra. Yo no había reflexionado ni sentido los defectos de esta escuela. No iba lejos en mis meditaciones. Pero igualmente la tragedia me mataba de aburrimiento y, como era de mal tono reconocerlo, iba a aburrirme valientemente dos veces a la semana. La frialdad y la contención con las que escuchaba aquellas pomposas tiradas hacían decir de mí que era insensible al encanto de los bellos versos.

»Una noche volví a la Comédie-Française para ver interpretar *El Cid* tras haberme ausentado un largo tiempo de París. Durante mi estancia en el campo, Lélio había sido admitido en este teatro y allí lo fui a ver por primera vez. Interpretaba a don Rodrigo. Al punto de oír el sonido de su voz, me emocioné. Era una voz más penetrante que sonora, una voz nerviosa y acentuada. Precisamente era una de las cosas que se le criticaba. Se quería que el Cid tuviera voz de bajo, como se quería que todos los héroes de la Antigüedad fueran altos y fuertes. Un rey que no midiera cinco pies y seis pulgadas no podía ceñirse la corona. Lo contrario era una falta de decoro.

»Lélio era pequeño y flaco. Su belleza no radicaba en sus rasgos, sino en la nobleza de la frente, en la gracia irresistible de la actitud, en su abandono al andar, en la expresión orgullosa y melancólica de su fisonomía. Nunca he visto en una estatua, en una pintura, en un hombre, una belleza tan poderosa, tan ideal, tan armoniosa. Para él se tendría que haber creado la palabra «encanto», por lo hechizante de sus palabras, de sus miradas, de sus gestos.

»¡Qué podría decir! Fue, en efecto, como si me hubiera hechizado. Ese hombre que andaba, que hablaba, que actuaba sin método ni pretensión, que sollozaba con el corazón y con la voz, que se olvidaba de sí mismo para identificarse con la pasión; ese hombre cuya alma parecía consumirlo y quebrarlo y que en una sola mirada podía encerrar todo el amor que yo había buscado en vano en el mundo, ejerció sobre mí un poder realmente eléctrico. Ese hombre que no había nacido en el tiempo adecuado para ganarse la gloria y las simpatías, y que solo me tenía a mí para comprenderlo y acompañarlo, fue, durante cinco años, mi rey, mi dios, mi vida, mi amor.

»No podía continuar viviendo sin verlo. Me gobernaba. Me dominaba. No era un hombre para mí, pero lo entendía de una manera distinta a la de la señora de Ferrières. Era mucho más: era una potencia moral, un maestro intelectual, cuya alma moldeaba la mía a su gusto. Pronto me resultó imposible ocultar las impresiones que de él recibía. Abandoné mi palco en la Comédie-Française para no traicionarme. Fingí haberme vuelto devota e ir a rezar a la iglesia de noche. Pero en vez de eso, me vestía de modistilla e iba a mezclarme con el pueblo para escucharlo y contemplarlo a mis anchas. En fin, me gané a uno de los empleados del teatro y obtuve un rincón en la sala, un lugar estrecho y secreto, donde ninguna mirada me podía alcanzar y al que llegaba por un pasadizo de servicio. Para más seguridad, me disfracé de estudiante. Esas locuras que cometía por un hombre con el cual no había intercambiado ni una palabra, ni una mirada, tenían para mí todo el atractivo del misterio y la ilusión de la felicidad. Cuando la hora de la función sonaba en el enorme péndulo de mi salón, me daban violentas palpitaciones. Trataba de reponerme mientras esperaba que engancharan mi coche. Andaba agitada y si Larrieux estaba cerca, lo ofendía para que se marchara. Alejaba a los inoportunos con un arte infinito. Todo el temperamento que me dio esta pasión por el teatro resulta increíble. Tuve que disimular bien y ser muy cuidadosa para esconderla cinco años a Larrieux, que era el más celoso de los hombres, y también a todas las personas malintencionadas que me rodeaban.

»Debo decirle que, en vez de combatirla, me entregaba a ella con avidez y delicia. ¡Era tan pura! ¿De qué me tendría que avergonzar? Me creaba una

rayos que pasan entre las hojas de los árboles o como si el aire les hubiera de faltar para sostenerlas en el vacío.

Un silencio igual al de la medianoche reina por todas partes, y parece que la naturaleza admirada de la brillante y de la sublime hermosura del sol andaluz se para a contemplarlo.

La suntuosa alquería de Aben-Abdalla, llena de festines y de zambras todo el día, aquella mansión del lujo y de los placeres, en donde no se da tregua al regocijo ni aun durante las breves horas de la noche, solo en esos momentos se mostraba muda, desierta, como si no tuviesen dueño sus salones, ni cultivadores sus jardines. Zulema, en tanto, con paso veloz, a par que mal seguro, atraviesa las calles de limoneros y naranjos y esta vez solo sus ojos animados no expresan pensamiento alguno. Agítanse a uno y a otro lado maquinalmente, y allá detrás de ellos se descubre una idea fija, invariable, así como las aguas al moverse en los estanques, impelidas por el soplo de la mañana, dejan siempre ver al través de sus movibles olas el pavimento de mármol y el musgo que crece en su fondo. Al extremo de una larga calle de cipreses hay un óvalo plantado de robustos álamos revestidos de yerba, y en medio de él se eleva un pabellón que tiene grabado sobre su entrada en caracteres arábigos, de oro brillante, este lema: «Morir gozando».

Era aquel sitio el más elevado de toda la hacienda, y la vista que de allí se disfrutaba lo hiciera delicioso, aunque no fuera él en sí el conjunto de la riqueza y la magnificencia oriental. Este templete, formado por columnas de pórfido, cuyos capiteles y bases de bronce cincelados representaban mil peregrinos juegos de cintas y de flores, estaba cubierto por un techo de concha embutido de nácar. Alrededor, y en medio de los arcos, sendas vidrieras de colores dejaban entrar la luz del sol modificada por mil iris o descubrían su horizonte de dilatados jardines. En torno se extendían almohadones de terciopelo verde con franjas de oro, intermediadas por floreros de porcelana y por perfumadores de plata. Un tapiz de brocado cubría el pavimento, y en el centro un baño de alabastro recibía los caños de agua olorosa, que le tributaban dos ánades de oro.

Todo era placer alrededor de la bella virgen; todo luto y desconsuelo en lo íntimo de su corazón. Como si no estuviera aquel aposento examinado con una sola mirada, Zulema recorre con las suyas las paredes de aquel pabellón. Se revuelve con violencia; su tocado se descompone; el cabello flota en torno al ímpetu de su movimiento, y luego, desesperada y exánime, cae sobre uno de aquellos cojines que lo rodean, así como la erguida palma agitada por el huracán en medio del desierto, sacude una y otra vez su ramaje alrededor de sí y al fin, tronchada por el pie, se desploma sobre la arena.

III

Cruzados ambos brazos, la cabeza inclinada, la barba sobre el pecho y la vista fija en un solo objeto, contempla D. Fadrique de Carvajal el descuidado cuerpo de Zulema, que yace sobre aquellos taburetes como un manto arrojado en el lecho en un instante de entusiasmo o de cólera. Lentamente, como si cada una marcase una idea dolorosísima, se deslizaban una tras otra sus lágrimas y corriendo ardientes por las pálidas mejillas del cristiano iban a rociar los desnudos y delicados pies de la insensible mora.

La voz de su profeta llamando a los creyentes en el último día no la hubiera quizá conmovido, y un suspiro acongojado que lanzó el cautivo penetró hasta el fondo de su pecho.

—¿Eres tú? —le dijo con voz desmayada y débil—. ¿Eres tú, Fadrique?

—Os guardaba el sueño. ¡Feliz quien puede dormir, señora, mientras que todos velan! ¡Feliz quien encuentra un lugar de refrigerio cuando la naturaleza abrasa todo lo que vive sobre la tierra!

—¿Dormir? ¡Fadrique, si yo pudiera dormir un solo momento...! ¡Si yo pudiera dormir eternamente! —y luego, afirmando más el tono de la voz, y como si ya estuviese del todo reportada a su estado natural, añadió—: Más habrá descansado en estos cuatro días mi jardinero, cuando ni un solo ramo me ha ofrecido.

—Señora, yo sé que cualquiera que haya sido mi origen, al presente, por mi desgracia, soy esclavo vuestro... Cautivo de vuestro padre. Nunca comeré en balde su amargo pan ni un solo día.

—Yo no quiero reconvenir al cautivo —dijo corrida Zalema. Y luego añadió tiernamente—: ¿Pero no tengo motivos para quejarme del caballero?

—El caballero, señora, ha regado con llanto estos días las flores que el cautivo debía cultivar para vuestra boda.

—¿Y quién te ha dicho que las prepares?

—Quien pudiera saberlo y no tenía interés en callármelo.

—Fadrique, cuando después de la batalla de los infantes me presentaron tu cuerpo ensangrentado, el médico debía también saber tu suerte; él te preparaba la mortaja, y yo te curaba; y yo te decía que vivirías por mí y yo sola te dije la verdad. Cuando cautivo después en la Alhambra gemías sin esperanza, tu cómitre no te hablaba más que de nuevas cadenas; yo sola te consolaba; yo sola te anunciaba mejor fortuna; te decía que serías para mí, y yo sola te dije la verdad. Y después, Fadrique, y después cuando el cautiverio de amor vino a aprisionarnos a ambos más que el de tus hierros; cuando, abrazados ambos en lo íntimo de nuestros corazones, desesperábamos de poder comunicarnos mutuamente nuestros pensamientos, yo sola te lo prometía; yo te enseñaba el lenguaje de las flores; yo te lisonjeaba con la proximidad de mejores días, y yo sola, tú lo sabes, yo sola te dije la verdad. ¡Ingrato! ¿Tantas pruebas no han bastado ni aun a inspirarte confianza; todas ellas no han podido alcanzar el que siquiera me creyeses?

Arrojose precipitado a los pies de su amada D. Fadrique. Llevó, enajenado, su blanca mano a los labios y, cuando intentaba despegarlos para justificarse y escuchar una y otra protesta de que era amado, el canto de Zaida vino a interrumpirlos.

—Es mi padre, adiós.

—¿Tengo un rival? ¿Me dejarás de amar?

—No; primero morir, te lo juro. «Morir gozando» —dijo leyendo el rótulo—. Esta tarde dejaré un ramo en la fuente del dragón. Allí vendré con el Hagib.

Estas fueron las últimas palabras que Zulema dijo dirigiéndose ya azorada hacia donde sonaba la voz de su amiga.

IV

Incomprensible fue para D. Fadrique el ramo que Zulema dejó junto a la fuente. Era el caballero tan diestro en descifrar aquella especie de escritos, que ni el árabe más galán pudiera aventajarle. Pero en aquella ocasión se molestaba en vano dando vueltas a aquel conjunto de flores, sin poder entender el arcano que en ellas se encerraba. Unos cuantos botones de siempreviva le indicaban la constancia de Zulema. Y luego una zarza rosa venía a recordarle su mala ventura. El colchico le decía claramente: pasó el tiempo de la felicidad. Pero, puesta a su lado una retama, le infundía alguna esperanza. Quería luego con más ahínco penetrar el sentido, y entre mil insignificantes flores solo un crisócomo significaba algo, no hacerse esperar. Conoció, pues, que Zulema, obligada a hacer aquel ramo en presencia del Hagib, habría puesto en él mil cosas insignificantes, solo por condescender con su molesto acompañante. Pero, con todo, un heliotropo que descollaba en medio le gritaba con muda voz: yo te amo. Y esto le consolaba.

—Pero, ¡ay!, esto no basta. El tiempo urge más que nunca. Quizá, al amanecer, Zulema será de otro. Las bodas se van a celebrar en la madrugada, ¡y yo no puedo hablarle! Si a lo menos pudiera darle una cita. Pero ¿y qué medios?...

En aquel momento vio pasar al anciano padre de Zulema por una encrucijada. Una idea se le presentó, y no la había aún de todo punto reflexionado, cuando ya estaba en práctica. Cortó dos tallos de anagalida, y dirigiéndose al viejo musulmán, le dijo:

—Señor, vuestra hija ha estado buscando de estas flores para un medicamento toda la tarde, y no ha podido hallarlas. Ofrecédselas, pues, y advertidla en mi nombre que, aún mejor que llevarlas al pecho, es, según la usanza de los míos, beber el agua que deja este vegetal después de puesto al sereno por dos horas en la ventana.

Bien sabía el mahometano que aquella flor significaba cita, pero el lenguaje franco del cristiano le hizo abandonar esa idea. Sin antecedente ninguno de la pasión de su hija, sabiendo además cuán medicinal era aquella planta e ignorando que el cautivo supiese el significado que pudiera tener, no dudó un punto en dársela a Zulema y referirle exactamente las palabras del jardinero.

V

—No puedo más, Fadrique mío, ya lo ves. Hace cerca de doce horas que caminamos sin descansar, y luego, este sol, este sol...

—Y como traes la cabeza descubierta, como te dejaste el turbante deshecho en la ventana por donde te escapaste... ¿Quieres que te lleve un rato?

—No, mejor será que descansemos un poco aquí a la sombra de este peñasco. Ya les llevamos sin duda mucha ventaja y si no saben el camino que hemos tomado...

—Sí, aquí; mira cuán fresco está este sitio, sentémonos.

—Quítate la armadura, mi buen Fadrique. ¡Ay!, cómo abrasa, parece que acaba de salir de la fragua.

—Si vieras mi corazón, hermosa mía. ¡Si lo vieras cómo arde!

—Yo no sé cómo estuviste tan cuidadoso de sustraer todo este hierro. ¡Cómo pesa! ¿Lo ves? Te ha sofocado mucho; tu cabello está todo mojado; tus mejillas de color de grana. ¡Qué hermoso eres, cristiano mío! Dime: ¿falta mucho para tu tierra? Allí seré esposa tuya, ¿no es verdad? Y di: ¿cómo me llamarás? Isabel, ¿no es esto? Y yo seré tu amiga y tu hermana, y viviremos juntos y para siempre; ¿porque no me has dicho que tu Alá lleva al paraíso unidos a los esposos que son virtuosos?

—Sí, querida mía. En la gloria está el colmo de todos los bienes.

—Y ¿qué mayor bien que tenerte así a mi lado? En este momento no trocaba yo este poco de sombra, y ese peñasco altísimo, inculto, por todos los palacios de Granada. ¿Por qué lo miras con esa especie de horror?

—Dos antepasados míos fueron precipitados junto a Martos de una elevación igual.

—¿Y por qué?

—Por la venganza de un rey.

—Pues qué, ¿no me has dicho que Jesús prohíbe la venganza?

—¡Ah! ¡Quién sabe adónde nos llevan las pasiones! Pero mira, ¿qué polvareda es aquella?

—Sin duda algún ganado... No, que son caballeros. Si serán... Y moros sin duda...

—¡Ay de mí! ¡Huyamos! Es tu padre: mira su turbante rojo...

Poniéndose precipitadamente las armas y corriendo ya, decía esto D. Fadrique:

—Somos perdidos, han cercado la montaña. No nos queda más recurso que trepar por ella...

Así comenzaron a hacerlo. Los moros, dejados los caballos al pie, trepaban también tras ellos. En vano D. Fadrique y su bella fugitiva, aglomerando cuantas piedras y troncos les suministraba como armas la desesperación, las dejaban caer con gran destrozo de los contrarios. Una nube de dardos los cubría, y el pobre cristiano tuvo que desprenderse del escudo para que su amada se resguardase. Cuando más estrechaba ya el cerco, una piedra disparada por manos de la misma mora vino a herir y a derribar a su padre. Parose en un momento la pelea con el sobresalto que esto causó.

—Entrégate —le decía después a Zulema—. Entrégate a tu padre, hija desnaturalizada, y él te perdonará. La sangre de ese perro, no la tuya, es la que necesita mi venganza.

Negose la amante granadina, y renovose con más furia el asalto. Apenas quedaban algunas varas de terreno, ya cerca de la cumbre y junto al horrible despeñadero, a los desgraciados cuando Fadrique, herido por mil partes, le dijo:

—Entrégate, amada de mi alma, y sálvate. Yo ya no puedo vivir. ¿Qué me importa morir ahora o dentro de algunas horas, morir de flechazos o de una cuchillada?

—¡Si tú mueres, muramos juntos, morir gozando! —dijo la mora abrazándose con su amado, y precipitándose con él en el abismo.

Una zarza vino a detenerla por la vestidura y a ofrecer a su desalmado padre el horrible espectáculo de una hija que prefería morir con su amante a vivir con él. Su cuerpo pendía como el nido de un águila, en un lugar enteramente inaccesible a todo socorro. En vano el moro, al borde de aquel abismo, la llamaba y le tendía una y otra banda de los turbantes; ninguno llegaba. Entre tanto, D. Fadrique, más pesado por sus armas, se había desprendido de los brazos de su dama, y terminado su mísera existencia allá en el fondo, en el sitio mismo donde poco ha reposaba en brazos de su amada. El vestido de esta se desgarra en fin, y viene su cadáver vagando por el aire, como el de una paloma herida de una flecha, a reposar junto al de aquel por quien había tantas veces jurado morir gozando.

VI

Esta montaña que está junto a Antequera recibió por esta causa el nombre de la Peña de los Enamorados, y nuestro grave historiador Mariana, al indicar ligeramente este suceso, añade: «Constancia que se empleara mejor en otra batalla, y les fuera bien contada la muerte si la padecieran por la virtud y en defensa de la verdadera religión y no por satisfacer a sus apetitos desenfrenados».

La Casa del Viento

ALEXANDRE DUMAS, HIJO
(1824-1895)

A mi amigo, Ernest Doré

Querido amigo, hace tiempo me preguntó qué era lo más extraordinario que había visto en mi vida. Ahora se lo contaré.

En la costa que se extiende de Dieppe al cabo de Ailly, se encuentra un pueblo que seguramente no conoce y que es algo así como un lugar encantado; se llama Varengeville. Es allí donde los arqueólogos apasionados por la arquitectura del siglo XVI van a visitar las ruinas del caserón de Ango. Probablemente el nombre de Ango ha sido más popular por la canción de *La madre de Ango,* que quizá no era ni de su familia, que por sus hazañas, su prodigiosa fortuna y su muerte miserable. Este tal Ango demostró buen gusto al escoger ese pueblecillo para construir su castillo, desde cuya torre se podía ver todo lo que pasaba a veinte leguas en el mar, del oeste al norte. Si, después de haber visitado las ruinas del caserón —que se encuentra a mano derecha, nada más entrar en el pueblo por la carretera de Dieppe—, quiere usted bajar hasta el mar, solo debe seguir el camino que discurre entre dos laderas cubiertas de hierba y salpicadas de margaritas, brezos salvajes y esas campanillas blancas y azules que hacen las delicias de los niños. Los árboles que bordean el camino, entrecruzando sus ramas a una gran altura, ofrecen en verano una sombra perpetua que lo refresca.

A derecha e izquierda se encuentran las granjas, con sus techos de paja o teja, sus muros de madera entramada, su césped verde, algunos manzanos plantados aquí y allá, como al azar, y sus cercos de arbustos vivaces en los que hallan refugio los polluelos los días de gran calor. De vez en cuando, se ve una casa particular decorada con una grada y persianas de amplios listones, rodeada de macizos de rosas.

Si sigue caminando, verá la pendiente del camino ante usted y se encontrará en un bosque de encinas y nogales delante del cual se alzan unos pinos piñoneros que destacan con su color verde claro sobre el azul del cielo y del mar, dando por un instante a este paisaje normando una fisonomía napolitana.

Al salir de ese bosque, se encontrará ante un campo de trigo dorado a su derecha y un barranco bastante profundo y largo, erizado de arbustos intrincados y vigorosos tintados de retama y amapolas. Cruzando el campo, llegará enseguida a la cabaña del aduanero. Allí comienza el sendero que conduce al mar, un camino arcilloso, tallado en la roca, en forma de espiral, practicable solamente a pie y que recuerda de inmediato a Suiza y a los Pirineos, como los pinos recordaban a la costa de Posillipo. La ensenada abrupta que le dará al fin acceso al océano es tan angosta que se creería tallada por la mano del hombre. La playa de arena, con la marea baja, es suave como una alfombra. Allí el horizonte es inmenso y la soledad, absoluta.

Todo resulta pintoresco, salvaje, perfumado, silencioso y encantador. Pero no es eso lo más extraordinario que haya visto en mi vida, sino el lugar donde lo vi.

Al abandonar el pueblo, impaciente como estaba por hacerle saber a usted esas rarezas naturales y llegar al mar, no le he mostrado la iglesia de estilo románico que domina en lo alto, por el lado oeste.

Al regresar, se anda, naturalmente, más despacio y se tiene tiempo para notar que, por encima de esa iglesia, hay una casa blanca, cuadrada, que se abre a los cuatro puntos cardinales, y que está prácticamente rodeada de jazmines, madreselvas, farolitos y glicinias. Se compone de una planta baja, elevada sobre una grada de siete u ocho escalones, un primer piso y un altillo.

En medio del jardín, lleno de frutales que la encuadran, delante de los escalones, hay una glorieta formada por álamos plateados cuyas ramas han sido obligadas a curvarse, a ligarse y abrazarse, formando una cúpula, en el entramado de una gran rejilla de hierro. Alrededor de esa glorieta hay manzanos, cerezos, rosales, rododendros y, como argumento palpable en favor de estas latitudes calumniadas, yucas plantadas directamente en la tierra, tanto en invierno como en verano. No tengo que decirle que las sendas, siempre limpias y rastrilladas, están bordeadas de fresales que dan fruto hasta finales de septiembre.

La casa es más espaciosa de lo que parece desde fuera. Es de una gran sencillez, pero confortable y agradable. Lo juzgo por lo que de ella he visto. El comedor cuenta con muebles de caoba, a la inglesa, y el salón está decorado con telas persas y sillones acolchados, flores en las jardineras y cestas, y tapicerías que indican la presencia de mujeres.

La primera vez que fui a Varengeville, hace unos diez años, pregunté a mi compañero, hijo de uno de los granjeros más ricos de la zona, a quién pertenecía aquella casa tan audazmente plantada sobre el vacío, al borde del barranco.

—Pertenece al señor Barthélemy —me dijo—, un tipo curioso que habita allí todo el año con su mujer y su hijita de dos años. No son de aquí. Llegaron un buen día, compraron ese terreno en el que nadie hubiera tenido la idea de construir una casa y levantaron esa que ve, muy hermosa, cabe decirlo. Allí todo florece como por ensalmo.

»El hombre es muy querido en la región y hace muy buenas obras. Ha enseñado a nuestros campesinos un montón de métodos agrícolas que ni sospechaban que existían, los cuida a cambio de nada cuando enferman y él mismo da clases a los más pequeños. Es de una modestia y sencillez extremas, aunque quizá parezcan algo forzadas, pero en esa actitud se mantiene siempre. Debe de tener entre treinta y cinco y treinta y ocho años. Es alto y verdaderamente apuesto. No creo que sea muy rico; sin embargo, no trabaja para vivir, puesto que no saca beneficio de nada. Todo lo que le sobra, lo da. Si no se queda con más de lo que necesita tiene que ser que lo que necesita es estrictamente lo que le hace falta para vivir.

»No diré que nos aburramos cuando estamos con él, pero no nos divertimos. Nos incomoda; jamás se ha permitido una observación, ni mucho menos, pero, a pesar nuestro, en su presencia no nos comportamos como de ordinario. Solo bebe agua con unas gotas de vino, come un único plato, jamás fuma, no caza; no le gusta matar, dice. Sin embargo, ríe de buena gana, sobre todo con los niños, que son su compañía predilecta y con los que él mismo se convierte en niño.

»Lo sabe todo, o al menos lo parece, puesto que ninguna pregunta lo desconcierta. Pero yo, que no sé mucho, no le podría decir si todo lo que responde es cierto. En cualquier caso, no se queda sin palabras. Tendrá el título de médico, ya que firma recetas y recibe todos los boletines de medicina. Cuando se pasea, siempre lleva un libro, que jamás lee. Creo que las cosas y los hombres le enseñan más que la letra impresa. Lo he visto a orillas del mar, sin que me viera, sentado dos o tres horas entre las rocas, con la cabeza apoyada en la mano izquierda, el codo sobre las rodillas, mirando al horizonte como si quisiera agujerearlo con los ojos. Al comienzo, para reírnos un poco, decíamos que contaba las olas.

»Su mujer es hermosa y parece amarlo apasionadamente. Hay días en que está toda ella sonrosada y otros en los que está transparente y pálida como la cera. Con todo, es más alegre que triste. Reciben pocas visitas, aunque su casa está abierta a todo el mundo. El señor Barthélemy es hospitalario como un escocés de teatro y, si quiere verlo, iremos a su casa. Será acogido como un viejo amigo.

»Se diría que vino al mundo conociendo a todos los hombres y que fuera como si se reencontrara con ellos al verlos por primera vez. Habla enseguida de lo que a uno le interesa, sin prolegómenos. Hemos querido nombrarle alcalde, pero lo rechazó. Luego lo propusimos para el Consejo General y también lo rechazó. Terminamos por ofrecerle la Diputación. Habría obtenido todos los votos de la provincia. Lo rechazó igualmente.

»No sabemos a qué religión pertenece. Nunca va a la iglesia los domingos, y su mujer tampoco; aun así, se lleva de maravilla con el cura, que, por otro lado, es un buen hombre y muy inteligente. Solo lo hemos visto en misa en una ocasión, pero en una circunstancia dolorosa, cuando murió su madre, que vivía con ellos cuando se instalaron aquí. Incluso recuerdo que, aquel día, el *Dies irae* y el *De profundis* fueron cantados por una voz, una voz de hombre, de una ternura, una amplitud, una pureza y un encanto infinitos. Dijeron que se trataba de uno de sus amigos, un cantante del Teatro de los Italianos, que vino a propósito para rendir homenaje a la difunta.

»Todos lloraban, excepto él, que sin embargo amaba mucho a su madre. En sus últimos tiempos de vida, la pobre anciana ya no podía andar. Había que verlo, llevándola en brazos como a una criatura para que le diera el aire mientras le iba contando historias. Así la acercaba hasta el acantilado, bajo el cielo. La dejaba sobre la hierba y volvía cargando con ella, algunas veces ya dormida. Tiene, por otro lado, una fuerza poco común. Se cuenta que, la noche que precedió a la muerte de su madre, se quedó conversando con ella después de haberle dicho que moriría al rayar el alba. Era una mujer de gran entereza. Quiso saber la verdad y él se la dijo. Exigió que su nuera se despreocupara y que se fuera a dormir como de costumbre.

»—Morir no es una cosa difícil de hacer, ni demasiado agradable de ver —parece que dijo—, como para impedir a la gente dormir porque una va a morir a su lado. Solo necesito a mi hijo. Yo soy quien lo trajo al mundo. Que él me ayude a abandonarlo, es natural. Los otros no me deben tanto.

»Vaya a saber de qué hablaron durante aquella noche, que debió de ser muy larga, al final de la cual murió sin agitación, sin esfuerzo, sin dolor, sin agonía, sosteniendo la mano del señor Barthélemy en la suya.

»Tampoco llamaron al cura, pero la víspera había cenado en la casa, al lado de la cama de la enferma. Algún tiempo después de estos hechos, como yo admirara aquella muerte tan grande y simple, el señor Barthélemy me dijo:

»—Todo el mundo puede morir de la misma manera. Basta con pensar en la muerte cinco minutos al día.

»—¿Y cree usted que vamos a otro lugar? —le pregunté.

»—No cabe duda.

»—¿Bajo qué forma?

»—Lo ignoro, y si lo ignoro es que no me incumbe.

»—Entonces, ¿por qué asegurar que hay otro lugar?

»—Porque es así, y lo sé.

»Nadie como él para dar estas respuestas que, sin responder ni decir nada, afirman.

»Pero al pensar en aquella voz que cantó el *Dies irae* y el *De profundis* —añadió el hijo del granjero, dando fin a su relato—, siento cómo se me estremece el alma y pagaría a gusto cincuenta francos para volver a escucharlos.

Lo que acababa de oír sobre el señor Barthélemy me inspiró un vivo deseo de conocerlo. ¿Acaso no era natural que yo buscara tipos y caracteres originales? Convenimos, mi compañero y yo, en que al día siguiente me lo presentaría bajo cualquier pretexto.

Ango me lo proporcionó. El señor Barthélemy, instalado en Varengeville, debía de haber hecho sus pesquisas acerca de este personaje legendario, que es la celebridad histórica del lugar. Utilizaría a Ango.

A la mañana siguiente, a las diez, emprendimos el camino hacia la Casa del Viento, que así la llamaban, audazmente plantada encima del acantilado y donde se decía que el viento del norte iba a guarecerse del viento del oeste.

El propietario era de una altura por encima de la media, uno de esos hombres en apariencia delgados que nos asombran al tocar sus brazos o ver sus piernas por su constitución hercúlea. Sus cabellos castaños y abundantes estaban peinados hacia atrás, dejando al descubierto la amplia frente, algo redondeada en la cima; la frente de la gente espiritual. Tenía las cejas muy rectas, señal de firmeza, de energía, de carácter implacable ante la necesidad, tanto en las ideas como en los actos, alzadas sobre unos ojos azul claro, azul de China, de una inocencia y dulzura y, al mismo tiempo, de una profundidad extraordinarias. La nariz, separada de la frente por una curva muy pronunciada, lo que indicaba reflexión, indignación y perspicacia, era recta, ligeramente abombaba a la mitad, lo que confirmaba esos indicios, añadiendo los de inteligencia, coraje y nobleza. No lucía barba. Tenía los pómulos algo protuberantes, las mejillas ligeramente hundidas, un gran espacio entre las fosas nasales y la boca, labios rojos y algo gruesos, prueba de sensualidad corregida y puesta en orden por las bellas líneas que hemos descrito y, sobre todo, por el mentón, que sobresalía casi en forma cuadrada y servía de zócalo a ese hermoso rostro y lo presentaba, por así decirlo, con respeto y simpatía a los que lo contemplaban.

Esa cabeza, en la que la edad solo había impreso una arruga en medio de la frente y algunos cabellos grises en las sienes, se movía libremente sobre un cuello torneado, fuerte y flexible como el de un adolescente. Sus manos eran más bien pequeñas, blancas, de aquella blancura definitiva que nada enrojece, ni el sol ni el frío. Los dedos eran redondos, casi puntiagudos, con un cierto desarrollo de los nudillos del orden y la causalidad. Su palma era una mezcla entra la dureza y la blandura, presta al combate, pero el índice, más puntiagudo que los otros dedos, y la primera falange del pulgar, largo y cuadrado, confirmaban los rasgos del rostro, declarando por segunda vez el carácter particular de este hombre dominado por la imaginación y la voluntad, el amor de lo ideal y la necesidad de independencia, la fe y la razón; en fin, todo aquello que llama a las grandes luchas de la conciencia, del alma y del espíritu.

La señora Barthélemy era pequeña, poseedora de esa redondez que ha inspirado más caprichos que amores, más canciones que odas, más vodeviles que dramas. A primera vista uno se decantaba por este epíteto vulgar, pero preciso: regordeta. Manos pequeñas, pies pequeños, cabellos negros y ondulados naturalmente, cejas negras que se tocaban en la raíz de la nariz, achatada ligeramente, como la de un pastor de Pater o de Watteau, grandes ojos negros y brillantes, oscuros por encima, nacarados por debajo, mejillas sonrosadas, con un par de hoyuelos, boca de cereza en forma de corazón y dientes blancos como las almendras del mes de julio.

Plantad una flor roja en una cinta negra, encuadrad ese rostro en una mantilla de encaje, haced mover un abanico en una de esas manos, envolved con una falda algo corta esas caderas orondas y flexibles y obtendréis una andaluza; no la marquesa de tez morena cantada por Musset, sino una andaluza ardiente y rozagante, pintada por Goya y musicada por Rossini. Cabe decir que la señora Barthélemy era de origen español. Remontándonos un poco en sus ancestros, se podría encontrar, si no uno de sus habitantes, al menos uno de los constructores de la Alhambra. Poseía, por tanto, una sangre rica, algo así como de coral fundido, corriendo por sus venas. Sin embargo, tras un examen más atento, se reconocía la influencia de nuestro sol más pálido sobre este tipo trasplantado.

No había perdido nada de la gracia o la flexibilidad del conjunto, pero algo nuevo, quizá una pena, quizá una dicha, quizá la vecindad de aquel marido grave, había velado como con una gasa ligera la expansividad nativa que zumbaba siempre en el sonido de su voz, en la mirada, en la sonrisa, pero sin llegar a desbordarse por cualquier motivo, como sin duda antes le sucedía. La edad no era la causa. La señora Barthélemy no contaba más de veintidós o veintitrés años cuando la vi. Probablemente un pensamiento inesperado había germinado en ese ser instintivo y lo había templado y afinado.

Si no temiera usar, una vez más, un término vulgar diría que la señora Barthélemy estaba un poco descolorida. Los ojos eran menos brillantes, las mejillas menos sonrosadas, los labios menos rojos, los cabellos de un tono menos cálido que si se hubiera quedado en su país, con el ambiente y las costumbres de origen. La circulación de aquella hermosa sangre no se producía con la regularidad debida, y aquel hermoso rostro palidecía y enrojecía sin razón y sin causa aparente diez veces cada hora; o se entristecía y se cubría de una sombra instantánea, como esos campos de trigo que parecen cambiar de matiz bajo el viento que los ondula. A veces, sus ojos se quedaban fijos, su boca se entreabría, uno sentía que quería, que iba a decir algo, pero nada decía. El pensamiento que había llevado la palabra hasta el borde de los labios caía en la profundidad del alma. Se había producido una sacudida sin explosión. Un empeño misterioso, el organismo forzado, sin dudarlo, la llevaba a reprimirse y limitarse.

Tales fueron las observaciones de mi primera visita, durante la cual la señora Barthélemy se levantó, caminó de un lado a otro, salió, volvió a entrar y se volvió a sentar cada diez minutos.

En cuanto a su hijita, que respondía al nombre de Jeanne, tenía entonces dos años. Era una de las criaturas más hermosas que hayan existido, con cabellos de oro, rizados naturalmente, ojos verdes como el mar, una hermosa cara blanca y sonrosada con hoyuelos en las mejillas, en el mentón, en los codos, en las manos, hoyuelos allá donde la naturaleza los había podido colocar, rolliza toda ella, con el vientre prominente y los brazos y las pantorrillas rechonchos y rosados.

El señor Barthélemy, con quien trabé conocimiento bajo el pretexto de obtener informaciones relativas a Ango, me invitó a almorzar al día siguiente, prometiéndome que aprovecharía para poner orden en todo lo que había podido recopilar sobre este personaje. Acepté. Le ahorraré la biografía del pirata millonario que prestaba dinero a Francisco I. Lo que quería dejar entendido, lo que cabría destacar aquí, era la voz del señor Barthélemy. Lo habría escuchado narrar todo el día, no solamente sin fatiga, sino con una especie de embriaguez. Las palabras surgían coloreadas, flexibles, firmes, prontas, profundas, luminosas, alegres, sombrías, técnicas, activas, observadoras, y acababan desapareciendo a través de esa voz orquestada como una sinfonía de Beethoven. Le aseguro que hacía creer que se escuchaban flautas, arpas, clarines, cuerdas y cobres, con la sordina justa para que el pensamiento pudiera dibujar en relieve todas sus intenciones y todos sus valores sobre aquel acompañamiento armónico.

Por otro lado, el hombre era conocedor de su poder y lo ejercía con cierto placer ante extraños, pero particularmente ante la señora Barthélemy, que tan pronto él abría la boca, se quedaba quieta y lo escuchaba con los ojos entrecerrados en un verdadero éxtasis. En cuanto a él, cuando hablaba, apenas le quitaba los ojos de encima. Se hubiera dicho que quería envolverla con su habla, su aliento, su espíritu exhalado en los sonidos, y que era así como devolvía el equilibrio a esa alma desafinada. Fue a la hora del postre, bajo la cuna de los álamos plateados, al aire libre, en medio de los perfumes y las frutas, cuando empezó el relato maravilloso que en sus labios adquirió la poesía y el color de un cuento árabe. Hubo momentos en que me tuve que forzar para no aplaudir: era la primera vez que experimentaba la magia absoluta de la voz *hablada.*

Cuando terminó, se lo dije con toda inocencia. La señora Barthélemy, dando un salto de su silla a la de su marido, le tomó la bella cabeza entre los brazos, la echó hacia atrás y, pegando sus labios a la boca del orador, como para beber directamente de la fuente de esa música que la embelesaba, exclamó, presionando hasta el ahogo:

—¡Ah! ¡Cuánto te amo!

Al mismo momento, estando yo algo incómodo por mi situación ante una escena de este género, vino el jardinero a anunciar que había alguien esperando al señor Barthélemy. La joven mujer giró la cabeza, sonriendo, con lágrimas en los ojos, sin preocuparse por excusarse.

El señor Barthélemy se levantó, la besó en la frente, me hizo una seña para indicarme que enseguida volvía, y nos dejó solos.

—Vayamos a un lugar más aireado —me dijo ella; y, girándose hacia su marido—: Nos encontrarás en el acantilado.

—¡Qué voz! ¿Verdad? —continuó ella mientras se dirigía hacia la puerta del jardín, removiéndose como si aquella voz todavía acariciara todo su cuerpo—. Esa voz me va a matar; me produce demasiado placer. Sabe que me encanta, que me embriaga, y se ejercita cuando está solo, estoy segura, para hacerla más melodiosa y penetrante. ¡Es tan bueno! ¡Tan grande! ¡Tan guapo! ¡Ah! ¡Si supiera usted lo que es este hombre!

—Es un hombre amado, un hombre feliz.

—Bien se lo merecería, pero le haría falta una mujer que no fuera yo. Yo soy una miserable, indigna de él. ¿Creerá usted que le fui infiel, como una estúpida cobarde?

Me detuve asombrado. Me miró fijamente.

—Le sorprende que le hable así, sin conocerle; pero es que me gustaría proclamarlo por toda la tierra y, cuando a veces me falta el aire, es porque no puedo gritarlo. Figúrese usted —cada vez estaba más exaltada—, figúrese lo loca que fui, no hay otra palabra, puesto que no tengo excusa. ¿Qué excusa podría tener cualquier mujer amada por semejante hombre para traicionarlo y cometer la acción abominable que yo cometí? Es culpa de mi patria, de mi raza, de mi origen. En ese país donde maduran las naranjas solo se oye hablar de amor. ¡El amor! Siempre el amor. A una la mecen con historias galantes desde que nace.

»Era muy joven cuando me casé; tenía diecisiete años. No podía comprender a este hombre tan superior a los demás. Él simplemente me amaba, noblemente, profundamente, sin aspavientos, sin palabrería, sin maniobras ridículas. ¿Creerá que me llegaba a aburrir?

»Se esforzaba en instruirme, en iniciarme en las grandes cosas de la inteligencia, del alma, de la vida presente y de la vida futura. Al cabo de cinco minutos, había dejado de escucharlo y en mi cerebro sonaba la cantinela de un bolero. Encima, era yo ociosa, no me ocupaba de la casa, me miraba en todos los espejos, leía novelas por la noche, a escondidas, porque él me pedía que no las leyera.

»Y pasó lo que tenía que pasar. Un artista vino a casa. Liverino, sí, el Liverino del Teatro de los Italianos, a quien todo París le iba detrás y que es tan apuesto, a decir de las mujeres. Era un compañero de estudios de Barthélemy. Desde el primer día, desde el primer minuto que le vi, me sentí cautivada. No tuvo que hacer casi nada para llevarme a lo que él quería. Con algunas miradas, que le habían servido desde hacía diez años en todos los teatros de Londres, de París, de San Petersburgo, con algunas de aquellas frases banales que creemos que son dichas solamente para nosotras cuando nos las dirigen por primera vez, se adueñó de todo mi ser y de toda mi persona. Era tan tonto y vulgar como solo un hombre puede llegar a ser. Yo lo encontraba sublime. ¡Al fin vivía mi novela! Yo era amada también como las heroínas de las óperas que cantaba. Quise huir con él, expatriarme, subir a las tablas, ser ante todo el mundo su Juliette, su Rosina, su Desdémona.

»Liverino me disuadió lo mejor que pudo. Temía por mi reputación y por su vida, ya que era un cobarde y creía que mi marido lo iba a matar. Cuando mi suegra murió, vino a cantar para el funeral. Era, dijo, una ocasión que aprovechaba para volver a verme. ¡Y qué ocasión! Después de que Barthélemy comprara esta casa y nos instaláramos en ella, nos veíamos muy raramente. A partir de aquel día me pareció que no podría prescindir de la presencia de mi Liverino. Con el pretexto de la muerte de mi pobre suegra, hice que me llevaran a París. Nos encontrábamos todos los días, Liverino y yo, ya en su casa, ya en la mía.

»Una mañana, Barthélemy me dijo:

»—Querida niña, debemos volver al campo hoy mismo, pero te prometo traerte de vuelta en ocho días y establecernos definitivamente en la ciudad, si tras los ocho días aún lo deseas.

»Le dejo adivinar si acepté la propuesta. Escribí a Liverino. Esa misma noche estábamos en Varengeville y aquí nos quedamos. De aquello hace tres años.

—¿Qué pasó?

—Al día siguiente de nuestro regreso, Barthélemy entró en mi habitación. Yo ya estaba en la cama. Él estaba algo pálido. Se sentó a mi vera y me tomó la mano.

»"—He querido dejar que te repusieras de las emociones del viaje y de las fatigas del regreso antes de tratar unos asuntos graves de los que debo hablarte —me dijo—. Escúchame bien. No soy de los que creen que una criatura humana pueda estar irrevocablemente ligada a otra, ni por un sacramento ni por el artículo de una ley en una sociedad como la nuestra. El hombre no tiene el derecho de responder del futuro cuando Dios no tiene el poder de modificar el pasado. Una firma compromete en transacciones materiales, no en pactos morales, sometidos siempre a la variabilidad de nuestras ideas y sentimientos. Estos pactos son estrictamente voluntarios y es un derecho del alma que no prescribe el de corregirse cuando se da cuenta de que, debido a una presión o influencia cualquiera, se ha modificado ligeramente. El matrimonio es un pacto puramente moral en el que el hombre sabe, en general, lo que hace y la mujer no. En mi opinión, solo el hombre se compromete.

»"Le toca a él, celebrado el matrimonio, conquistar por todos los medios posibles y unirse para siempre a esa persona extraña que ha obtenido en algunas ocasiones por sorpresa. Cuando no lo consigue, es siempre culpa suya, puesto que, teniendo toda la libertad para actuar, debería, antes de pedir a la muchacha, observarla, estudiarla y renunciar a ella si la juzga incapaz o indigna. Llegará un día, esperemos, en que los padres y las madres prepararán a sus hijos de modo distinto al que lo hacen para este gran acto que es el matrimonio, y los dos contrayentes sabrán de antemano cuán admirable es la asociación que puede resultar de una sola palabra: sí. La humanidad todavía no está preparada. Hará falta que las mujeres aprendan muchas cosas que aún ignorarán durante mucho tiempo, que tú no sabías cuando te dieron a mí, y que yo no te he podido enseñar por completo porque el dolor y la reflexión todavía me tenían que revelar algunas. No hay verdadero matrimonio, según mi opinión, si no hay un libre consentimiento de una parte y de la otra. Y un conocimiento completo de los deberes y los derechos recíprocos. Dicho de otro modo, no es más que un contrato rescindible solo ante el tribunal de la conciencia.

»"Tú no estás realmente casada conmigo, a pesar de haber firmado, a pesar de los hombres, a pesar de Dios, a quien se invocó sin preguntarle, y del que solo se pudo tomar el nombre. Tenías diecisiete años cuando me juraste fidelidad. No podías saber el significado de esa palabra porque tampoco sabías lo que era pertenecer a alguien. Yo tenía treinta y dos cuando prometí protegerte y tenía conocimiento de las cuestiones sociales y morales. Tú ya no tienes familia; la protección que te prometí es, por consiguiente, a la vez la del esposo, la del amigo, la del padre y la de la madre.

»"Y he aquí que perteneces a otro hombre y a mí al mismo tiempo. Esta vez te has dado voluntariamente, sin ningún tipo de presión, sin sacramento, sin firma, por propia elección, con toda libertad. Entonces, mi querida niña, ¿por qué, ejerciendo el acto de libertad de tomar un nuevo esposo, haces acto de servidumbre manteniendo todos los derechos del antiguo?

»"Suficiente fue con que te dieran a mí cuando no estabas segura de amarme para continuar conmigo cuando estás segura de amar a otro. ¿Es tu segundo marido quien te aconseja o te impone este sacrificio y esta hipocresía en previsión de las posibles consecuencias? Me cuesta creerlo, puesto que debe de amarte mucho para haber resistido a ese testimonio secreto que previene a todos los hombres cuando van a cometer una mala acción. ¿Es a ti a quien te gusta este reparto? ¡Sería una depravación inadmisible en una persona como tú! ¿Es así la probidad de un alma, que quiere mantener una parte de sus compromisos sin poder mantenerlos todos? En cualquier caso, esta sumisión de tu persona es indigna tanto de ti como de mí y, además, es inútil, ahora que conozco tus preferencias.

»"Dejo así de ser tu esposo para convertirme en tu amigo, en tu padre, en una palabra, en tu protector. Iremos a vivir a París, ya que allí está tu felicidad. Seguiremos viviendo juntos, ya que llevas mi nombre y es a mí a quien tu familia y la ley te han confiado. Eres una viuda voluntaria.

»"Puedes volver a *casarte,* pero yo me puedo presentar de nuevo y obtenerte, al fin, por ti misma. Si mi rival no tiene, como le supongo, más ventaja sobre mí que su voz, trataré de conseguir una voz tan seductora para hablarte como la suya. Y como se habla más a menudo que se canta, quizá consiga superarle."

»Antes de que llegara a estas últimas palabras, yo estaba sumida en mi vergüenza y en mis lágrimas, vencida no solamente por la majestad inesperada de esa abnegación sublime, sino también por la ternura musical de esa voz deseada que oía y experimentaba por primera vez. Poco a poco había subido mi pañuelo hasta la cabeza como si, escondiéndome, hubiera podido hacer creer a mi juez que no era a mí a quien hablaba. Por otro lado, no era a mí. Veía, como si unas escamas me hubieran caído de los ojos. Una luz inmensa me inundaba de dentro hacia fuera. Él seguía sosteniendo una de mis manos y me comunicaba así el poder de su gran alma. Todo mi cuerpo se estremecía y se llenaba, por así decirlo, de una nueva sangre, de una nueva carne, de un nuevo calor. Mis lágrimas se derramaban como verdaderos riachuelos y yo no podía expresar el placer que sentía al derramarme así.

»Comprendí que mi marido lo sabía todo; había sentido mi ignominia; después, el horror y el menosprecio me turbaron y agitaron al entrever la magnitud del crimen a través de la magnitud del perdón.

»Entonces hice un esfuerzo enorme, sobrehumano, como para arrojar lejos mi cuerpo y mi alma antiguos. Nunca hubiera creído que una metamorfosis tan súbita fuera posible. Ya no lo dudaba, puesto que me transfiguré en un segundo, y fui, al mismo tiempo, abrumada y deslumbrada por la verdad. Salía de la muerte, de la nada, de las tinieblas, y me sentía nacer súbitamente. ¿Comprende usted esta voluptuosidad celestial? Tenía la ciencia de lo verdadero y justo, de lo bueno y hermoso, que hasta entonces no había sospechado; de manera que mi vergüenza, mi terror y el desprecio de mí misma se trocaron bruscamente en una clarividencia y una alegría tales que solté una carcajada y, convencida de poseer un alma y un cuerpo nuevos, inocente e inmaculada, salté de la cama y me lancé a los brazos de este hombre divino.

»He aquí la razón por la que nunca más regresamos a París.

»Desde aquel día, amo tanto a mi esposo que en algunas ocasiones, sobre todo cuando habla como acaba de hacerlo, me parece que voy a morir escuchándole. Pero ya no temo la muerte, puesto que ya he muerto una vez. Y, además, la muerte no separa, sino que une a los que se aman; él así me lo ha dicho.

Abandoné la Casa del Viento tan emocionado como asombrado por el relato que acababa de oír. Jamás una mujer antes que esa hizo, y jamás ninguna otra después hará, lo podría apostar, una confesión de esta naturaleza a un extraño en condiciones tan extraordinarias. Había en ella opiniones, sentimientos, actos, tan poco relacionados con la tradición social e incluso con la naturaleza humana, que yo reflexionaba sobre todo lo que acababa de oír preguntándome dónde estaría la verdad, si del lado de aquel hombre a quien su mujer consideraba un Dios, o del lado de aquellos que, conociendo la aventura, habrían tratado directamente al marido de imbécil.

Pero no había llegado todavía al límite de mi asombro.

Pasaron seis años. El trabajo, el placer, el tedio, los acontecimientos, la vida, en fin, me llevaron por Italia, Alemania, Inglaterra, por los cuatro puntos cardinales de Europa. Volví fatigado. Me aconsejaron baños de mar y fui a Dieppe. A la mañana siguiente de mi llegada, ya estaba en Varengeville, llamando a la puerta de la Casa del Viento.

Nada había cambiado de aspecto. El señor Barthélemy, que se paseaba por su jardín, me vino a abrir la puerta acompañado de su hija, que entonces tenía ocho años. Me reconoció al momento y me dio la mano, como si nos hubiéramos visto el día anterior. Conservaba la misma fisonomía, tal vez más noble e imponente que en otros tiempos. Cabe decir también que la frente empezaba a clareársele y los cabellos a encanecerse. Su hija, apoyada en él, me miraba de arriba abajo con sus grandes ojos asombrados, habituados a no contemplar más que el mar, el cual parecían estar reflejando.

—¿Y la señora Barthélemy? —pregunté.

La niña retrocedió y frunció el ceño. Su boca sonrosada palideció y se arrugó; sus ojos se enrojecieron y humedecieron.

—Ve a estudiar música —le dijo su padre besándola.

A esta orden, se serenó un poco y se alejó.

A medida que se acercaba a la casa, andaba más rápido. Al llegar a la escalinata, la subió corriendo.

—La música la consuela de todo —me dijo el señor Barthélemy, y añadió—: mi mujer murió.

—¿Murió? ¿Cuándo?

—Hará pronto dieciocho meses.

—¿Y de qué murió?

—De la rotura de un aneurisma.

—Fue algo súbito, entonces.

—Sí, en la más bella madrugada que se haya dado, cortando las ramas de este melocotonero. Se había subido a un taburete y, de pronto, me llamó con uno de esos gritos que solo se dan una vez. Llegué justo a tiempo para tomarla entre mis brazos.

—¡Qué pena debió de sentir!

—Muy grande.

—Y esa enfermedad, ¿a qué la atribuye? La señora Barthélemy era la más feliz de las mujeres. Así me lo había dicho.

—Me contó la conversación que mantuvieron y también la confidencia que le hizo.

—Estaba muy exaltada aquel día y quizá me dijo más de lo que le hubiera gustado contar.

—No; hacía tiempo que sentía la necesidad de hacer tales confesiones. Ya la había hecho al cura de la iglesia, a la sombra de la cual duerme ahora —continuó diciendo, señalando con la mano el cementerio—, pero no le era suficiente. Hubiera querido humillarse ante todos los hombres y mujeres, delante de todos aquellos que se creen con el derecho de no absolver. Usted sabe ya lo que pasó.

»Pues bien, a veces me acuso de su muerte. Quizá no tomé suficientes precauciones para introducir la verdad en un alma que no estaba preparada para recibirla. La conmoción demasiado fuerte que recibió sin duda afectó algún resorte vital que, tras algunos años de vibración, se rompió por sí solo. Debería haber tenido más paciencia, dejar que esa mujer agotara hasta el fondo el orden de sensaciones en el cual se hallaba y esperar a que ese frágil jarrón se vaciara naturalmente para llenarlo de nuevo.

—Sufrió usted sin duda mucho por lo que sabía y no se pudo contener más tiempo.

—Sí, pero no era este motivo suficiente. De ese dolor que soporté en silencio durante muchas semanas (puesto que lo sabía desde antes que muriera mi madre, a quien no hubiera querido entristecer en los últimos momentos); de ese dolor mío que no me había quebrado, no debí concluir que una gran conmoción no la quebraría a ella.

»Había reflexionado mucho, comparado mucho, querido mucho en mi vida, mientras que ella nunca se había ejercitado en estos secretos combates, en estas luchas misteriosas, en estas victorias mortales. Me tocaba a mí iluminarla gradualmente. Demasiada luz mata. No todo el mundo es un san Pablo.

»La conocía lo suficiente para prever el desenlace inmediato que obtuve y deseaba, pero la pasión me hizo olvidar las fatalidades de los tipos originales. Esta pobre criatura no había nacido para nuestro clima sombrío, con este fuerte viento y el gran mar. Había sido creada por la naturaleza para vivir entre cactus, aloes y naranjos, bajo un cielo índigo y el sol de oro de Andalucía, para cantar, bailar, sonreír, amar fácilmente y ardientemente, y acabar muerta de un cuchillazo en una escena de celos, pero no para razonar una falta, para combatir un recuerdo, para vencer un remordimiento. La forcé a comprender; comprendió, pero murió. ¡Ah! ¡Cuán difícil es ser perfecto! —añadió el señor Barthélemy pasándose la mano por la frente—. Hay que intentarlo, sin embargo.

—Afortunadamente os ha dejado una hija.

—Se le parece, ¿verdad?, en rubio. Con ella me esfuerzo ya en combatir ciertas influencias que más adelante le serían funestas. Todo lo que tiene de su madre es aprovechable, pero también está lo que tiene del otro.

—¿Del otro?

—No ha nacido de mí. Por ciertos signos, rasgos de carácter, formas, aptitudes, he conocido la verdad. Entre esas aptitudes las hay buenas, puesto que Liverino no era alguien cualquiera. La naturaleza la ha dotado de magníficas de cualidades como la simpatía y la brillantez, cosas que forman parte de los hombres de cierta categoría, los cómicos y los cantantes. Jeanne tendrá su voz, más flexible y masculina al mismo tiempo, puesto que gracias a mí será más valerosa que él. ¡Qué papel habrán desempeñado las voces en mi familia! Pero la niña tiene inclinación a la vanidad, la inconstancia, el engaño. Destruiré o utilizaré esos defectos. Conozco de hace mucho a su padre y saco informaciones para su bien, para la dirección que debo imprimir en la educación de esta jovencita. Quiero hacer de ella una mujer como yo entiendo a la mujer. Es la obra de mi vida; ¿qué otra cosa podría hacer yo, estando a cargo de su alma?

—Pero ¿qué le prueba que no es su hija? Su mujer, en el estado de exaltación en que se hallaba, le habría dicho la verdad si se lo hubiera preguntado.

—¿Y para qué causarle tal dolor e infligirle tal vergüenza, ya que no podía responderme? Ella lo desconocía, esa es la verdad. Desgraciadamente, la mujer adúltera ¿no está en la abominable necesidad de hacer cuentas entre el hecho cierto y el resultado posible? ¡Qué dolorosa seguridad!

»¿Cómo pretende usted que se reencuentre en esos dos pasados y discierna el padre que es del padre que quizá es? Lo deja en manos del azar y a lo único que podría preguntar, como yo he hecho, es a los rasgos y al carácter de la criatura. La mujer está organizada de tal manera que con el amor lo explica todo; cree que la misma naturaleza será su cómplice y el padre, para ella, es aquel a quien ella ama.

»Mi mujer me adoraba cuando Jeanne llegó al mundo, ocho meses después de las explicaciones que nos dimos. Ni se acordaba de la existencia de Liverino. Ella me escogió como padre y estoy seguro de que la duda no la perturbó en ningún momento: hágase su voluntad. ¡Y qué importa! Amo el árbol y amo el fruto. No es con el cuerpo con lo que se crea, es con el alma. Jeanne tiene ahora ocho años; diez años más y será mi hija.

La promesa

Gustavo Adolfo Bécquer
(1836-1870)

I

Margarita lloraba con el rostro oculto entre las manos; lloraba sin gemir, pero las lágrimas corrían silenciosas a lo largo de sus mejillas, deslizándose por entre sus dedos para caer en la tierra, hacia la que había doblado su frente.

Junto a Margarita estaba Pedro, quien levantaba de cuando en cuando los ojos para mirarla y, viéndola llorar, tornaba a bajarlos, guardando a su vez un silencio profundo.

Y todo callaba alrededor y parecía respetar su pena. Los rumores del campo se apagaban; el viento de la tarde dormía, y las sombras comenzaban a envolver los espesos árboles del soto.

Así transcurrieron algunos minutos, durante los cuales se acabó de borrar el rastro de luz que el sol había dejado al morir en el horizonte; la luna comenzó a dibujarse vagamente sobre el fondo violado del cielo del crepúsculo, y unas tras otras fueron apareciendo las mayores estrellas.

Pedro rompió al fin aquel silencio angustioso, exclamando con voz sorda y entrecortada y como si hablase consigo mismo:

—¡Es imposible…, imposible!

Después, acercándose a la desconsolada niña y tomando una de sus manos, prosiguió con acento más cariñoso y suave:

—Margarita, para ti el amor es todo, y tú no ves nada más allá del amor. No obstante, hay algo tan respetable como nuestro cariño, y es mi deber. Nuestro señor el conde de Gómara parte mañana de su castillo para reunir su hueste a las del rey Don Fernando, que va a sacar a Sevilla del poder de los infieles, y yo debo partir con el conde. Huérfano oscuro, sin nombre y sin familia, a él le debo cuanto soy. Yo le he servido en el ocio de las paces, he dormido bajo su techo, me he calentado en su hogar y he comido el pan a su mesa. Si hoy le abandono, mañana sus hombres de armas, al salir en tropel por las poternas de su castillo, preguntarán maravillados de no verme: «¿Dónde está el escudero favorito del conde de Gómara?». Y mi señor callará con vergüenza, y sus pajes y sus bufones dirán en son de mofa: «El escudero del conde no es más que un galán de justas, un lidiador de cortesía».

Al llegar a este punto, Margarita levantó sus ojos llenos de lágrimas para fijarlos en los de su amante, y removió los labios como para dirigirle la palabra; pero su voz se ahogó en un sollozo.

Pedro, con acento aún más dulce y persuasivo, prosiguió así:

—No llores, por Dios, Margarita; no llores, porque tus lágrimas me hacen daño. Voy a alejarme de ti; mas yo volveré después de haber conseguido un poco de gloria para mi nombre oscuro. El cielo nos ayudará en la santa empresa; conquistaremos a Sevilla, y el rey nos dará feudos en las riberas del Guadalquivir a los conquistadores. Entonces volveré en tu busca y nos iremos juntos a habitar en aquel paraíso de los árabes, donde dicen que hasta el cielo es más limpio y más azul que el de Castilla. Volveré, te lo juro; volveré a cumplir la palabra solemnemente empeñada el día en que puse en tus manos ese anillo, símbolo de una promesa.

—¡Pedro! —exclamó entonces Margarita dominando su emoción y con voz resuelta y firme—. Ve, ve a mantener tu honra.

Y al pronunciar estas palabras se arrojó por última vez en los brazos de su amante. Después añadió con acento más sordo y conmovido:

—Ve a mantener tu honra; pero vuelve…, vuelve a traerme la mía.

Pedro besó la frente de Margarita, desató su caballo, que estaba sujeto a uno de los árboles del soto, y se alejó al galope por el fondo de la alameda.

Margarita siguió a Pedro con los ojos hasta que su sombra se confundió entre la niebla de la noche; y cuando ya no pudo distinguirle, se volvió lentamente al lugar, donde le aguardaban sus hermanos.

—Ponte tus vestidos de gala —le dijo uno de ellos al entrar—, que mañana vamos a Gómara con todos los vecinos del pueblo para ver al conde, que se marcha a Andalucía.

—A mí más me entristece que me alegra ver irse a los que acaso no han de volver —respondió Margarita con un suspiro.

—Sin embargo —insistió el otro hermano—, has de venir con nosotros, y has de venir compuesta y alegre; así no dirán las gentes murmuradoras que tienes amores en el castillo y que tus amores se van a la guerra.

II

Apenas rayaba en el cielo la primera luz del alba cuando empezó a oírse por todo el campo de Gómara la aguda trompetería de los soldados del conde, y los campesinos que llegaban en numerosos grupos de los lugares cercanos vieron desplegarse al viento el pendón señorial en la torre más alta de la fortaleza.

Unos sentados al borde de los fosos, otros subidos en las copas de los árboles, estos vagando por la llanura; aquellos coronando las cumbres de las colinas, los de más allá formando un cordón a lo largo de la calzada, ya haría cerca de una hora que los curiosos esperaban el espectáculo, no sin que algunos comenzaran a impacientarse, cuando volvió a sonar de nuevo el toque de los clarines, rechinaron las cadenas del puente, que cayó con pausa sobre el foso, y se levantaron los rastrillos, mientras se abrían de par en par y gimiendo sobre sus goznes las pesadas puertas del arco que conducía al patio de armas.

La multitud corrió a agolparse en los ribazos del camino para ver más a su sabor las brillantes armaduras y los lujosos arreos del séquito

del conde de Gómara, célebre en toda la comarca por su esplendidez y sus riquezas.

Rompieron la marcha los farautes, que, deteniéndose de trecho en trecho, pregonaban en voz alta y a son de caja las cédulas del rey llamando a sus feudatarios a la guerra de moros, y requiriendo a las villas y lugares libres para que diesen paso y ayuda a sus huestes.

A los farautes siguieron los heraldos de corte, ufanos con sus casullas de seda, sus escudos bordados de oro y colores y sus birretes guarnecidos de plumas vistosas.

Después vino el escudero mayor de la casa, armado de punta en blanco, caballero sobre un potro morcillo, llevando en sus manos el pendón de ricohombre con sus motes y sus calderas, y al estribo izquierdo el ejecutor de las justicias del señorío, vestido de negro y rojo.

Precedían al escudero mayor hasta una veintena de aquellos famosos trompeteros de la tierra llana, célebres en las crónicas de nuestros reyes por la increíble fuerza de sus pulmones.

Cuando dejó de herir el viento el agudo clamor de la formidable trompetería comenzó a oírse un rumor sordo, acompasado y uniforme. Eran los peones de la mesnada, armados de largas picas y provistos de sendas adargas de cuero. Tras estos no tardaron en aparecer los aparejadores de las máquinas, con sus herramientas y sus torres de palo, las cuadrillas de escaladores y la gente menuda del servicio de las acémilas.

Luego, envueltos en la nube de polvo que levantaba el casco de sus caballos, y lanzando chispas de luz de sus petos de hierro, pasaron los hombres de armas del castillo, formados en gruesos pelotones, que semejaban a lo lejos un bosque de lanzas.

Por último, precedido de los timbaleros, que montaban poderosas mulas con gualdrapas y penachos, rodeado de sus pajes, que vestían ricos trajes de seda y oro, y seguido de los escuderos de su casa, apareció el conde.

Al verle, la multitud levantó un clamor inmenso para saludarle, y entre el confuso vocerío se ahogó el grito de una mujer, que en aquel momento cayó desmayada y como herida de un rayo en los brazos de algunas personas que acudieron a socorrerla. Era Margarita, Margarita, que había conocido a su misterioso amante en el muy alto y muy temido señor conde de Gómara, uno de los más nobles y poderosos feudatarios de la corona de Castilla.

III

El ejército de Don Fernando, después de salir de Córdoba, había venido por sus jornadas hasta Sevilla, no sin haber luchado antes en Écija, Carmona y Alcalá del Río de Guadaira, donde, una vez expugnado el famoso castillo, puso los reales a la vista de la ciudad de los infieles.

El conde de Gómara estaba en la tienda sentado en un escaño de alerce, inmóvil, pálido, terrible, las manos cruzadas sobre la empuñadura del montante y los ojos fijos en el espacio, con esa vaguedad del que parece mirar un objeto, y, sin embargo, no ve nada de cuanto hay a su alrededor.

A un lado y de pie le hablaba el más antiguo de los escuderos de su casa, el único que en aquellas horas de negra melancolía hubiera osado interrumpirle sin atraer sobre su cabeza la explosión de su cólera.

—¿Qué tenéis, señor? —le decía—. ¿Qué mal os aqueja y consume? Triste vais al combate, y triste volvéis, aun tornando con la victoria. Cuando todos los guerreros duermen rendidos a la fatiga del día, os oigo suspirar angustiado, y si corro a vuestro lecho, os miro allí luchar con algo invisible que os atormenta. Abrís los ojos, y vuestro terror no se desvanece. ¿Qué os pasa, señor? Decídmelo. Si es un secreto, yo sabré guardarlo en el fondo de mi memoria como en un sepulcro.

El conde parecía no oír al escudero; no obstante, después de un largo espacio, y como si las palabras hubiesen tardado todo aquel tiempo en llegar desde sus oídos a su inteligencia, salió poco a poco de su inmovilidad y, atrayéndole hacia sí cariñosamente, le dijo con voz grave y reposada:

—He sufrido mucho en silencio. Creyéndome juguete de una vana fantasía, hasta ahora he callado por vergüenza; pero no, no es ilusión lo que me sucede. Yo debo de hallarme bajo la influencia de alguna maldición terrible. El cielo o el infierno deben de querer algo de mí, y lo avisan con hechos sobrenaturales. ¿Te acuerdas del día de nuestro encuentro con los moros de Nebrija en el aljarafe de Triana? Éramos pocos; la pelea fue dura, y yo estuve a punto de perecer. Tú lo viste: en lo más reñido del combate, mi caballo, herido y ciego de furor, se precipitó hacia el grueso de la hueste mora. Yo pugnaba en balde por contenerle; las riendas se habían escapado de mis manos, y el fogoso animal corría llevándome a una muerte segura. Ya los moros, cerrando sus escuadrones, apoyaban en tierra el cuenco de sus largas picas para recibirme en ellas; una nube de saetas silbaba en mis oídos; el caballo estaba a algunos pies de distancia cuando..., créeme, no fue una ilusión, vi una mano que, agarrándole de la brida, lo detuvo con una fuerza sobrenatural y, volviéndole en dirección a las filas de mis soldados, me salvó milagrosamente. En vano pregunté a unos y otros por mi salvador; nadie le conocía, nadie le había visto. «Cuando volabais a estrellaros en la muralla de picas —me dijeron— ibais solo, completamente solo; por eso nos maravillamos al veros tornar, sabiendo que ya el corcel no obedecía al jinete». Aquella noche entré preocupado en mi tienda; quería en vano arrancarme de la imaginación el recuerdo de la extraña aventura; mas al dirigirme al lecho torné a ver la misma mano, una mano hermosa, blanca hasta la palidez, que descorrió las cortinas, desapareciendo después de descorrerlas. Desde entonces, a todas horas, en todas partes, estoy viendo esa mano misteriosa que previene mis deseos y se adelanta a mis acciones. La he visto, al expugnar el castillo de Triana, coger entre sus dedos y partir en el aire una saeta que venía a herirme; la he visto, en los banquetes donde procuraba ahogar mi pena entre la confusión y el tumulto, escanciar el vino en mi copa, y siempre se halla delante de mis ojos, y por donde voy me sigue: en la tienda, en el combate, de día, de noche... Ahora mismo, mírala, mírala aquí apoyada suavemente en mis hombros.

Al pronunciar estas últimas palabras, el conde se puso de pie y dio algunos pasos como fuera de sí y embargado de un terror profundo.

El escudero se enjugó una lágrima que corría por sus mejillas. Creyendo loco a su señor, no insistió, sin embargo, en contrariar sus ideas, y se limitó a decirle con voz profundamente conmovida:

—Venid..., salgamos un momento de la tienda; acaso la brisa de la tarde refrescará vuestras sienes, calmando ese incomprensible dolor, para el que yo no hallo palabras de consuelo.

IV

El real de los cristianos se extendía por todo el campo de Guadaira, hasta tocar en la margen izquierda del Guadalquivir. Enfrente del real y destacándose sobre el luminoso horizonte se alzaban los muros de Sevilla flanqueados de torres almenadas y fuertes. Por encima de la corona de almenas rebosaba la verdura de los mil jardines de la morisca ciudad, y entre las oscuras manchas del follaje lucían los miradores blancos como la nieve, los minaretes de las mezquitas y la gigantesca atalaya, sobre cuyo aéreo pretil alzaban chispas de luz, heridas por el sol, las cuatro grandes bolas de oro, que desde el campo de los cristianos parecían cuatro llamas.

La empresa de Don Fernando, una de las más heroicas y atrevidas de aquella época, había traído a su alrededor a los más célebres guerreros de los diferentes reinos de la Península, no faltando algunos que de países extraños y distantes vinieran también, llamados por la fama, a unir sus esfuerzos a los del santo rey.

Tendidas a lo largo de la llanura, mirábanse, pues, tiendas de campaña de todas formas y colores, sobre el remate de las cuales ondeaban al viento distintas enseñas con escudos partidos, astros, grifos, leones, cadenas, barras y calderas, y otras cien y cien figuras o símbolos heráldicos que pregonaban el nombre y la calidad de sus dueños. Por entre las calles de aquella improvisada ciudad circulaban en todas direcciones multitud de soldados, que, hablando dialectos diversos y vestidos cada cual al uso de su país, y cada cual armado a su guisa, formaban un extraño y pintoresco contraste.

Aquí descansaban algunos señores de las fatigas del combate sentados en escaños de alerce a la puerta de sus tiendas y jugando a las tablas, en tanto que sus pajes les escanciaban el vino en copas de metal; allí algunos peones aprovechaban un momento de ocio para aderezar y componer sus armas, rotas en la última refriega; más allá cubrían de saetas un blanco los más expertos ballesteros de la hueste entre las aclamaciones de la multitud, pasmada de su destreza; y el rumor de los tambores, el clamor de las trompetas, las voces de los mercaderes ambulantes, el galopar del hierro contra el hierro, los cánticos de los juglares que entretenían a sus oyentes con la relación de hazañas portentosas, y los gritos de los farautes que publicaban las ordenanzas de los maestros del campo, llenando los aires de mil y mil ruidos discordes, prestaban a aquel cuadro de costumbres guerreras una vida y una animación imposibles de pintar con palabras.

El conde de Gómara, acompañado de su fiel escudero, atravesó por entre los animados grupos sin levantar los ojos de la tierra, silencioso, triste, como si ningún objeto hiriese su vista ni llegase a su oído el rumor más leve. Andaba maquinalmente, a la manera que un sonámbulo, cuyo espíritu se agita en el mundo de los sueños, se mueve y marcha sin la conciencia de sus acciones y como arrastrado por una voluntad ajena a la suya.

Próximo a la tienda del rey y en medio de un corro de soldados, pajecillos y gente menuda que le escuchaban con la boca abierta, apresurándose a comprarle algunas baratijas que anunciaba a voces y con hiperbólicos encomios, había un extraño personaje, mitad romero, mitad juglar, que, ora recitando una especie de letanía en latín bárbaro, ora diciendo una bufonada o una chocarrería, mezclaba en su interminable relación chistes capaces de poner colorado a un ballestero, con oraciones devotas; historias de amores picarescos, con leyendas de santos. En las inmensas alforjas que colgaban de sus hombros se hallaban revueltos y confundidos mil objetos diferentes: cintas tocadas en el sepulcro de Santiago; cédulas con palabras que él decía ser hebraicas, las mismas que dijo el rey Salomón cuando fundaba el templo, y las únicas para libertarse de toda clase de enfermedades contagiosas; bálsamos maravillosos para pegar a hombres partidos por la mitad; Evangelios cosidos en bolsitas de brocatel; secretos para hacerse amar de todas las mujeres; reliquias de los santos patronos de todos los lugares de España; joyuelas, cadenillas, cinturones, medallas y otras muchas baratijas de alquimia de vidrio y de plomo.

Cuando el conde llegó cerca del grupo que formaban el romero y sus admiradores, comenzaba este a templar una especie de bandolina o guzla árabe con que se acompaña en la relación de sus romances. Después que hubo estirado bien las cuerdas unas tras otras y con mucha calma, mientras su acompañante daba la vuelta al corro sacando los últimos cornados de la flaca escarcela de los oyentes, el romero empezó a cantar con voz gangosa y con un aire monótono y plañidero un romance que siempre terminaba con el mismo estribillo.

El conde se acercó al grupo y prestó atención. Por una coincidencia, al parecer extraña, el título de aquella historia respondía en un todo a los lúgubres pensamientos que embargaban su ánimo. Según había anunciado el cantor antes de comenzar, el romance se titulaba el *Romance de la mano muerta.*

Al oír el escudero tan extraño anuncio, pugnó por arrancar a su señor de aquel sitio; pero el conde, con los ojos fijos en el juglar, permaneció inmóvil, escuchando esta cantiga:

– I –

La niña tiene un amante
que escudero se decía;
el escudero le anuncia
que a la guerra se partía.
—Te vas y acaso no tornes.
—Tornaré por vida mía.
Mientras el amante jura,
diz que el viento repetía:
¡Malhaya quien en promesas
de hombre fía!

– II –

El conde con la mesnada
de su castillo salía:
ella, que lo ha conocido,
con gran aflicción gemía:
—¡Ay de mí, que se va el conde
y se lleva la honra mía!
Mientras la cuitada llora,
diz que el viento repetía:

¡Malhaya quien en promesas
de hombre fía!

- III -

Su hermano, que estaba allí,
estas palabras oía:
—Nos has deshonrado, dice.
—Me juró que tornaría.
—No te encontrará si torna,
donde encontrarte solía.
Mientras la infelice muere,
diz que el viento repetía:
¡Malhaya quien en promesas
de hombre fía!

- IV -

Muerta la llevan al soto,
la han enterrado en la umbría;
por más tierra que le echaban,
la mano no se cubría;
la mano donde un anillo
que le dio el conde tenía.
De noche sobre la tumba
diz que el viento repetía:
¡Malhaya quien en promesas
de hombre fía!

Apenas el cantor había terminado la última estrofa cuando, rompiendo el muro de curiosos que se apartaban con respeto al reconocerle, el conde llegó adonde se encontraba el romero y, cogiéndole con fuerza del brazo, le preguntó en voz baja y convulsa:

—¿De qué tierra eres?

—De tierra de Soria —le respondió este sin alterarse.

—¿Y dónde has aprendido ese romance? ¿A quién se refiere la historia que cuentas? —volvió a exclamar su interlocutor, cada vez con muestras de emoción más profunda.

—Señor —dijo el romero clavando sus ojos en los del conde con una fijeza imperturbable—: esta cantiga la repiten de unos en otros los aldeanos del campo de Gómara, y se refiere a una desdichada cruelmente ofendida por un poderoso. Altos juicios de Dios han permitido que al enterrarla quedase siempre fuera de la sepultura la mano en que su amante le puso un anillo al hacerle una promesa. Vos sabréis quizá a quién toca cumplirla.

V

En un lugarejo miserable y que se encuentra a un lado del camino que conduce a Gómara he visto no hace mucho el sitio en donde se asegura tuvo lugar la extraña ceremonia del casamiento del conde.

Después que este, arrodillado sobre la humilde fosa, estrechó en la suya la mano de Margarita, y un sacerdote autorizado por el Papa bendijo la lúgubre unión, es fama que cesó el prodigio, y la mano muerta se hundió para siempre.

Al pie de unos árboles añosos y corpulentos hay un pedacito de prado que, al llegar la primavera, se cubre espontáneamente de flores.

La gente del país dice que allí está enterrada Margarita.

Véra

Auguste Villiers de L'Isle-Adam
(1838-1889)

A la señora condesa d'Osmoy

«La forma del cuerpo le es más esencial que su sustancia.»
La fisiología moderna

El amor es más fuerte que la muerte, dijo Salomón. Sí, su misterioso poder es ilimitado.

Sucedió un atardecer de otoño de estos últimos años, en París. Los coches, con las luces ya encendidas, circulaban con retraso hacia el oscuro barrio de Saint-Germain, tras la hora de cierre del bosque. Uno de ellos se detuvo ante el portal de un enorme palacete señorial rodeado de jardines seculares. La cimbra lucía, tallado en piedra, el escudo de armas de la antigua familia de los condes de Athol, a saber: *de azur, con estrella abismada de plata,* y la divisa «Pallida Victrix» bajo la corona realzada de armiño con bonete principesco. Los pesados batientes del palacete se abrieron. Un hombre de unos treinta o treinta y cinco años, vestido de luto, con el semblante mortalmente pálido, se apeó del coche. En la escalinata, unos taciturnos servidores alzaban sus candelabros. Sin verlos, el hombre subió la grada y entró. Era el conde de Athol.

Tambaleante, se dirigió a los blancos peldaños que conducían a sus aposentos, donde, esa misma mañana, había tendido en un ataúd de terciopelo, rodeado de violetas entre olas de batista, a su amor voluptuoso y desesperado, a su empalidecida esposa, Véra. En lo alto, la suave puerta se abrió sobre la alfombra. El conde alzó los cortinajes. Todos los objetos seguían en su lugar, allí donde la condesa los había dejado la noche anterior. La muerte, súbita, la había fulminado. La noche anterior, su amada había perdido los sentidos en goces tan profundos, en tan exquisitos abrazos, que su corazón, quebrado por las delicias, le había fallado: sus labios se habían humedecido bruscamente con un púrpura mortal.

Apenas había tenido tiempo de dar a su esposo un beso de despedida, sonriendo, sin una palabra. Luego, sus largas pestañas, como velos de luto, se habían abatido sobre la bella noche de sus ojos. La jornada sin nombre había pasado ya.

Hacia el mediodía, el conde de Athol, tras la terrible ceremonia en el panteón familiar, había despedido en el cementerio a la comitiva fúnebre. Luego, encerrándose solo con la fallecida entre los cuatro muros de mármol, había cerrado la puerta de hierro del mausoleo. El incienso quemaba en un trípode ante el ataúd. Una corona de lamparillas en la cabecera de la joven difunta la iluminaba como estrellas. Él, de pie, soñador, con el único sentimiento de una ternura sin esperanza, pasó ahí todo el día. Hacia las seis, al atardecer, salió del recinto sagrado. Al cerrar el sepulcro, había sacado de la cerradura la llave de plata y, alzándose sobre el último peldaño del umbral, la había lanzado suavemente al interior de la tumba, sobre las losas del suelo, a través del trébol que culminaba el portal.

¿Por qué todo esto...? Sin lugar a dudas, obedecía a la misteriosa resolución de no regresar. Y volvió a observar la habitación, viuda. El ventanal, bajo los amplios cortinajes de cachemira malva brocados de oro, estaba abierto. Un último rayo de la tarde iluminaba el gran retrato de la fallecida en un marco de madera antiguo. El conde miró a su alrededor y vio la ropa arrojada la víspera sobre una butaca; en la repisa de la chimenea descansaban joyas, el collar de perlas, el abanico entreabierto, los pesados frascos de perfume que *ella* ya no emanaría. Sobre la cama de ébano de columnas entorchadas, que seguía deshecha, cerca de la almohada donde la cabeza adorada y divina había dejado su huella entre los encajes, percibió el pañuelo rojo de gotas de sangre donde su joven alma había batido las alas un instante.

El piano abierto sostenía una melodía que nunca terminaría. Las flores indias que ella había recogido en el invernadero se morían en jarrones de porcelana de Meissen y, al pie de la cama, sobre una piel negra, estaban las chinelas orientales de terciopelo sobre las cuales brillaba, bordada en perlas, la risueña divisa de Véra: *Quien ve a Véra, la ama.*

Los piececitos desnudos de su amada jugaban con ellas el día anterior por la mañana, besados, a cada paso, por las plumas de cisne. Y allí, allí, en la sombra, estaba el péndulo, cuyo resorte había roto el conde para que no diera más las horas.

¡Se fue!... *¿Adónde?* ¿Vivir ahora? ¿Para qué...? Era imposible, absurdo.

El conde se abismó en pensamientos sobrecogedores, rememorando su existencia pasada. Seis meses habían transcurrido desde el matrimonio. ¿No había sido en el extranjero, en el baile de una embajada, donde la había visto por primera vez...? Sí. Ese instante resucitaba ante sus ojos, claramente. Se le aparecía ella, radiante. En esa velada, sus ojos se encontraron. Se reconocieron íntimamente. Supieron que la suya era una misma naturaleza y que debían amarse para siempre.

Las conversaciones frustradas, las sonrisas de constatación, las insinuaciones, todas las dificultades que suscita la sociedad para retrasar la inevitable felicidad de aquellos que se pertenecen, todo eso se había desvanecido ante la serena certeza que tuvieron, en el mismo instante, el uno del otro. Véra, cansada de la insípida ceremoniosidad de los que le hablaban en aquel momento, se dirigió hacia él desde el primer instante, simplificando así, de augusta manera, los procedimientos banales en los que se pierde el preciado tiempo de la vida. ¡Oh! Y cómo, tras intercambiar las primeras palabras, los vanos comentarios de los que les eran indiferentes les parecieron un vuelo de pájaros de la noche que regresan a sus tinieblas. ¡Qué sonrisa se dedicaron! ¡Qué inefable beso!

Cabe decir que su naturaleza era de lo más peculiar. Eran dos seres dotados de sentidos maravillosos, pero exclusivamente terrestres. Las sensaciones se prolongaban en ellos con una intensidad inquietante. Se dejaban llevar por ellas, de tanto como las sufrían. Por el contrario, ciertas ideas, las del alma, por ejemplo, las del infinito, las de *Dios mismo,* estaban veladas a su entendimiento. La fe de la mayoría de las personas en las cosas sobrenaturales no era para ellos más que el objeto de un vago asombro: como una carta sellada que no iba dirigida a ellos y, por tanto, no les preocupaba, porque tampoco poseían la cualidad de condenar o legitimar. Así, habiendo reconocido que el mundo les era ajeno, se habían aislado tan pronto como se unieron en ese viejo y sombrío palacete en el cual la espesura de los jardines amortiguaba los ruidos del exterior.

Allí, los dos amantes se sumergieron en el océano de esos goces lánguidos y perversos en los que el espíritu se mezcla con la carne misteriosa. Agotaron la violencia del deseo, del estremecimiento y de la ternura desmedida. Se convirtieron en el latir del ser del otro. En ellos, el espíritu penetraba de tal modo el cuerpo, que sus formas les parecían intelectuales y los besos, eslabones ardientes, los encadenaban en una fusión ideal. ¡Prolongado deslumbramiento!

De repente, ese hechizo se rompió; el accidente terrible los había desunido. Sus labios se habían desenlazado. ¿Qué sombra le había arrebatado a su querida muerta? ¡Muerta! ¡No! ¿Acaso el alma de los violoncelos se pierde en el grito de una cuerda que se rompe?

Las horas se sucedieron. A través del ventanal, veía avanzar la noche en los cielos: la Noche le pareció *persona*. Una reina marchando al exilio con melancolía; el broche de diamantes de su túnica de luto, Venus, ella sola, brillaba por encima de los árboles, pérdida en el fondo del azul.

—Es Véra —se dijo.

Al escuchar aquel nombre, pronunciado en voz baja, se sobresaltó como quien se despierta de golpe; luego, irguiéndose, miró a su alrededor. Los objetos de la habitación se habían iluminado por un brillo hasta ahora impreciso, el de una lamparilla que azulaba las tinieblas, y que la noche, al ascender al firmamento, hacía aparecer aquí como otra estrella. Era la lamparilla, con olor a incienso, de un iconostasio, relicario de la familia de Véra. El tríptico, de noble madera antigua, colgaba entre el espejo y el cuadro, sujeto con esparto ruso. El reflejo del oro de su interior caía vacilante sobre el collar que descansaba entre las joyas de la chimenea. El nimbo de la madona de ropajes celestiales brillaba rosáceo por la cruz bizantina, cuyas finas líneas rojas, fundidas en el reflejo, teñían con un matiz de sangre el oriente también iluminado de las perlas.

Desde la infancia, Véra compadecía con sus grandes ojos el semblante maternal tan puro de la madona heredada y, por su naturaleza, ¡ay!, no pudiéndole consagrar más que un *amor supersticioso,* a veces se lo ofrecía, cándida, meditabunda, cuando pasaba ante la lamparilla.

El conde, ante esta visión, compungido por recuerdos dolorosos hasta lo más recóndito de su alma, se puso en pie, sopló al momento la tenue luz santa y, a tientas, en la oscuridad, extendiendo la mano hacia un cordel, llamó. Un criado apareció. Era un anciano vestido de negro. La lámpara que llevaba la dejó ante el retrato de la condesa y, al darse la vuelta, sintió un escalofrío de temor supersticioso al ver a su amo de pie y sonriendo como si nada hubiera pasado.

—Raymond —dijo con calma el conde—, *esta noche la condesa y yo estamos agotados;* servirás la cena hacia las diez. Y, por cierto, hemos decidido aislarnos más, aquí, a partir de mañana. Ninguno de los criados, excepto tú, debe pernoctar en el palacete. Les pagas el sueldo de tres años y que se retiren. Luego correrás el cerrojo del portal y encenderás los candelabros de abajo, en el comedor. Contigo nos bastará. En el futuro, no recibiremos a nadie.

El anciano, mirándolo atentamente, temblaba. El conde encendió un cigarro y bajó a los jardines. Al principio, el criado pensó que la carga demasiado pesada del dolor, demasiado desesperada, había descarriado el espíritu de su amo. Lo conocía desde que era un niño. Comprendió, al momento, que la conmoción de un despertar demasiado repentino podía serle fatal a ese sonámbulo. Su deber, ante todo, era respetar el secreto.

Bajó la cabeza. ¿Debía pasar a ser el cómplice devoto de ese religioso sueño? ¿Obedecer...? ¿Continuar *sirviéndoles* sin tener en cuenta la muerte? ¡Qué idea tan extraña...! ¿Durante una noche...? ¿Y mañana? ¡Ay, mañana...! ¡Ah, quién lo supiera...! ¡Quizá...! Se trataba de un proyecto sagrado... y, al fin y al cabo, ¿quién le daba derecho a juzgarlo? Salió de la habitación, ejecutó las órdenes al pie de la letra y, esa misma noche, la insólita existencia dio comienzo.

Todo consistía en crear un terrible espejismo. La incomodidad de los primeros días se borró rápidamente. Raymond, primero con estupor, luego con una especie de indiferencia y ternura, se las había ingeniado tan bien para parecer natural que aún no habían pasado tres semanas y ya se sentía él mismo casi engañado por su buena voluntad. Las reservas se desvanecían. A veces, al notar una especie de vértigo, tuvo la necesidad de decirse que la condesa estaba ciertamente difunta. Se entregaba a aquel juego funesto y olvidaba a cada instante la realidad. Pronto le hizo falta pensarlo más de una vez para convencerse y recobrarse. Vio claro que acabaría abandonándose enteramente al terrible magnetismo con el cual el conde iba dominando poco a poco la atmósfera que los rodeaba a ambos. Tenía miedo, un miedo indeciso, leve.

El conde de Athol, en efecto, vivía en la absoluta ignorancia de la muerte de su amada. No podía más que hallarla siempre presente; hasta el punto de que la forma de la joven mujer estaba imbricada con la suya. Unas veces, en un banco del jardín, los días de sol, leía en voz alta las poesías que a ella le gustaban; otras veces, por la tarde, cerca del fuego, las dos tazas de té en una mesilla, charlaba con la *ilusión* sonriente, sentada, según sus ojos, en la otra butaca.

Los días, las noches, las semanas, pasaron volando. Ni el uno ni el otro sabían lo que estaban haciendo. Por otro lado, estaban ocurriendo fenómenos singulares en los que era difícil distinguir el punto en el que lo imaginario y lo real eran idénticos. Una presencia flotaba en el aire; una forma se esforzaba por manifestarse, por hacerse ver, por plasmarse en el espacio indefinible.

El conde vivía una vida doble, como un iluminado. Entreveía, como si de un rayo se tratara, un rostro suave y pálido entre dos pestañeos; oía de repente un débil acorde arrancado al piano; sentía un beso que le cerraba la boca en el momento en que iba a hablar; en respuesta a lo que él había dicho, se despertaban en él afinidades de pensamientos *femeninos*. Era un desdoblamiento tal de sí mismo el que experimentaba que olía, como en una niebla fluida, el perfume vertiginosamente dulce de su amada a su lado y, por la noche, entre la vigilia y el sueño, escuchaba palabras pronunciadas en voz baja. Para él todo eran señales. Para él todo era, en definitiva, la negación de la muerte elevada a una potencia desconocida.

En una ocasión, el conde de Athol la sintió y la vio tan claramente a su lado que la tomó entre sus brazos, pero ese movimiento hizo que se disipara.

—¡Niña! —murmuró sonriendo.

Y se durmió como un amante desdeñado por su adorada, risueña y soñolienta.

El día de *su* cumpleaños, colocó, en broma, una siempreviva en el ramo que depositó sobre la almohada de Véra y dijo:

—Puesto que se cree muerta...

Gracias a la profunda y todopoderosa voluntad del conde, que a fuerza de amor forjaba la vida y la presencia de su mujer en el palacete solitario, esa existencia terminó por convertirse en un hechizo sombrío y persuasivo. Incluso Raymond había dejado de asustarse y se había acostumbrado gradualmente a esas impresiones. Un vestido negro atisbado en una esquina del paseo; una voz risueña que llamaba desde el salón; un sonido de campanilla por la mañana, al despertarse, como antaño; todo se le hizo familiar. Se hubiera dicho que la muerta jugaba al escondite, como una niña. ¡Se sentía tan amada! Era *natural.*

Había transcurrido un año. La tarde del aniversario, el conde, sentado cerca del fuego en la habitación de Véra, acababa de leerle una fábula florentina: *Calímaco.* Cerró el libro y luego dijo, al servir el té:

—*Duschka,* ¿te acuerdas del Valle de las Rosas, de las orillas del Lahn, del Castillo de las Cuatro Torres...? Esta historia te ha hecho pensar en ello, ¿no?

Se levantó y, en el espejo azulado, se vio más pálido que de costumbre. Tomó un brazalete de perlas que estaba dentro de una copa y lo miró atentamente. ¿Acaso Véra no se lo acababa de desabrochar antes de desvestirse? Las perlas aún estaban tibias y su oriente se veía más suavizado, como por el efecto del calor de su carne. ¡Y ese ópalo del collar siberiano, que amaba tanto el pecho de Véra y que palidecía mórbidamente en su cadena de oro cuando la joven lo olvidaba por algún tiempo! ¡Por eso a la condesa le gustaba antaño tanto aquella piedra preciosa tan fiel...! Esa noche el ópalo brillaba como si el magnetismo exquisito de la bella muerta lo penetrara aún.

Al dejar el collar y la piedra, el conde tocó por casualidad el pañuelo de batista, cuyas gotas de sangre estaban húmedas y rojas como claveles sobre la nieve. Allí, sobre el piano, ¿quién había girado la página final de la melodía de otros tiempos? ¿Cómo? ¡La lamparilla se había vuelto a encender en el relicario! ¡Sí! Su llama dorada iluminaba místicamente el rostro con los ojos cerrados de la madona. Y esas flores orientales, recién cortadas, que se abrían allí, en los antiguos jarrones de porcelana de Meissen, ¿qué mano las había colocado? La habitación parecía alegre y dotada de vida, de una manera más significativa e intensa que de costumbre. ¡Pero nada podía sorprender al conde! Todo aquello le parecía tan normal que ni siquiera prestó atención a la hora que tocaba el péndulo detenido desde hacía un año.

Con todo, se diría que esa noche la condesa Véra se esforzaba adorablemente en volver desde el fondo de las tinieblas a esa habitación impregnada de ella por entero. ¡Había dejado allí tanto de su persona! Todo lo que había constituido su existencia la atraía. Su hechizo flotaba en el lugar, la desesperada llamada de la voluntad apasionada de su esposo debía de haber desatado los frágiles nudos de lo invisible a su alrededor...

Era *necesaria*. Todo lo que amaba estaba allí. Ella debía tener ganas de ir a sonreír ante ese espejo misterioso donde había admirado tantas veces su rostro de lirio blanco. La dulce muerta, allá abajo, se había estremecido, cierto, entre las violetas, bajo las lamparillas apagadas; la divina muerta había temblado en la tumba, sola, al ver la llave de plata arrojada sobre las losas. ¡Ella también quería estar con él! Y su voluntad se perdía en la idea del incienso y el aislamiento. La muerte no es algo definitivo más que para os que esperan algo de los cielos; pero ¿acaso la muerte y los cielos y la vida no eran para ella un beso?

Y el beso solitario de su esposo atraía sus labios en la sombra. El sonido pasado de las melodías, las palabras embriagadoras de antaño, las telas que cubrían su cuerpo y conservaban su perfume, esas piedras mágicas que *la querían* en su oscura simpatía y, sobre todo, la inmensa y absoluta impresión de su presencia, opinión compartida incluso por los objetos, todo la llamaba a esa habitación, la atraía desde hacía mucho tiempo y, gradualmente curada al fin de la muerte durmiente, ¡allí solo faltaba *ella*!

¡Ah! Las ideas son seres vivos... El conde había tallado en el aire la forma de su amor y era necesario que ese vacío fuera colmado por el único ser que le era homogéneo; de otra manera, el Universo colapsaría. La impresión fue, en ese momento, definitiva, simple, absoluta. *Ella debía de estar allí, ¡en la habitación!* Estaba tan sereno, tan seguro de ello como de su existencia y todas las cosas a su alrededor estaban saturadas por esa convicción. ¡Se podía ver! Y, *puesto que solo faltaba la propia Véra,* tangible, exterior, *tenía que estar ahí,* y que el gran sueño de la vida y de la muerte entreabriera un instante sus puertas infinitas. El camino de la resurrección se dirigía por la fe hasta ella. Un fresco estallido de risa musical iluminó con su alegría el lecho nupcial. El conde se dio la vuelta y allí, ante sus ojos, hecha de voluntad y recuerdo, acodada, flotando sobre la almohada de encajes, sosteniendo con su mano sus densos cabellos negros, con la boca deliciosamente entreabierta en una sonrisa de voluptuosidad paradisiaca, bella hasta la muerte, la condesa Véra lo observaba todavía un poco adormilada.

—¡Roger...! —dijo con voz lejana.

Él se le acercó. Sus labios se unieron en un goce divino, despreocupado, ¡inmortal! Y, *entonces,* él se dio cuenta de que en realidad no eran *más que un solo ser.*

Las horas rozaron con un vuelo extraño ese éxtasis en el que se mezclaba por primera vez la tierra y el cielo. De golpe, el conde de Athol se estremeció, como fulminado por una fatal reminiscencia.

—¡Ah! ¡Ahora recuerdo...! —dijo—. ¿Qué me está pasando? Pero ¡si está muerta!

En el mismo instante en que pronunciaba estas palabras, la mística lamparilla del iconostasio se apagó. La pálida madrugada de una mañana insulsa, gris, lluviosa, se filtró en la habitación por las rendijas de las cortinas. Las velas se debilitaron y apagaron dejando humear con acritud sus mechas rojas; el fuego desapareció bajo una capa de cenizas tibias; las flores se marchitaron y se secaron en un momento; el péndulo recuperó gradualmente su quietud; la *certeza* de todos los objetos se evaporó súbitamente; el ópalo, muerto, había dejado de brillar; las manchas de sangre también se habían marchitado sobre la batista, junto a ella, y, arrancándose de entre los brazos desesperados que querían estrecharla aún, la ardiente y blanca visión se reincorporó al aire y se perdió. Un débil suspiro de adiós, distinguible, aunque lejano, alcanzó el alma de Roger.

El conde se puso de pie; se acababa de dar cuenta de que estaba solo. Su sueño se había disuelto de golpe; había roto el magnético hilo de su trama radiante con una sola palabra. La atmósfera era, en aquel momento, la de los difuntos. Como esas lágrimas de cristal agregadas ilógicamente y, sin embargo, tan sólidas que un golpe de martillo sobre su parte espesa no las consigue romper, pero que caen en un súbito e impalpable polvo si se rompe uno de sus extremos, tan finos como la punta de una aguja, todo se desvaneció.

—¡Oh! —murmuró—. ¡Se acabó! ¡Perdida...! ¡Sola! ¿Cuál es el camino ahora para llegar hasta ti? ¡Indícamelo!

De pronto, como una respuesta, un objeto brillante cayó del lecho nupcial sobre la negra piel con un ruido metálico; un rayo del horrible día terrestre lo iluminó... El abandonado se agachó, lo tomó y una sonrisa sublime iluminó su rostro al reconocer el objeto: era la llave del panteón.

Un día único

HENRY JAMES
(1843-1916)

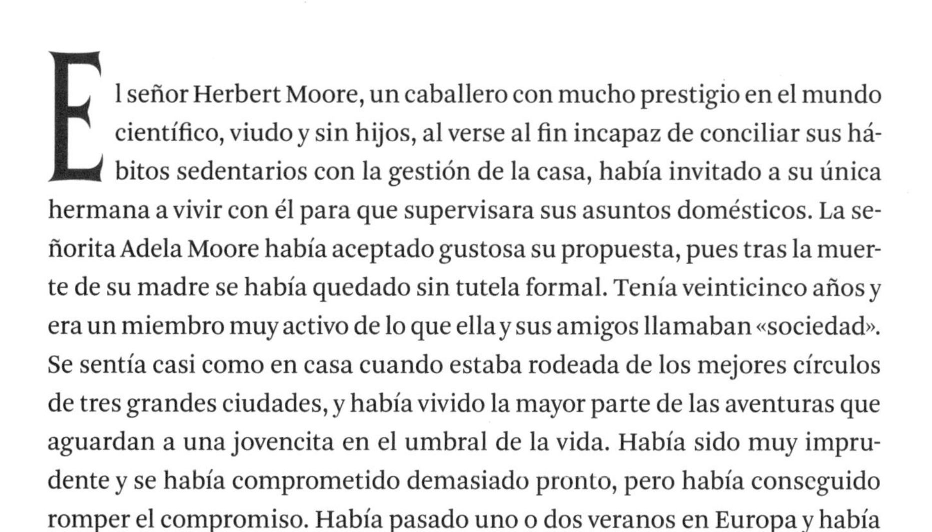

El señor Herbert Moore, un caballero con mucho prestigio en el mundo científico, viudo y sin hijos, al verse al fin incapaz de conciliar sus hábitos sedentarios con la gestión de la casa, había invitado a su única hermana a vivir con él para que supervisara sus asuntos domésticos. La señorita Adela Moore había aceptado gustosa su propuesta, pues tras la muerte de su madre se había quedado sin tutela formal. Tenía veinticinco años y era un miembro muy activo de lo que ella y sus amigos llamaban «sociedad». Se sentía casi como en casa cuando estaba rodeada de los mejores círculos de tres grandes ciudades, y había vivido la mayor parte de las aventuras que aguardan a una jovencita en el umbral de la vida. Había sido muy imprudente y se había comprometido demasiado pronto, pero había conseguido romper el compromiso. Había pasado uno o dos veranos en Europa y había viajado a Cuba con una amiga muy enferma de tuberculosis, que había fallecido en un hotel de La Habana.

A pesar de que no poseía una belleza perfecta, era muy atractiva y gozaba de eso que las jovencitas llaman «gracia»: era una mujer alta y delgada, con el cuello largo, la frente pequeña y una nariz bonita. Incluso después de seis años en la mejor compañía, seguía teniendo unos modales intachables.

Además, poseía una pequeña fortuna y se la podía considerar inteligente sin menoscabo de su amabilidad, y amable sin menoscabo de su ingenio. Todo ello, como supondrá el lector, debería haberle procurado un buen porvenir, pero a ella no le había importado olvidarse de tales perspectivas y enterrarse en el campo. Tenía la impresión de haber visto lo suficiente del mundo y de la naturaleza humana, y pensaba que un periodo de aislamiento podría venirle bien. Había empezado a sospechar que, para una joven de su edad, era exageradamente madura y sensata; es más, comenzaba a presentir que los demás también lo intuían.

Dado que era una gran observadora de la vida y sus costumbres, y se entregaba a ese pasatiempo siempre que tenía la oportunidad, consideraba que debía organizar los resultados de sus observaciones y convertirlos en principios y normas de conducta. Decía que se estaba volviendo demasiado impersonal, demasiado crítica, demasiado inteligente, demasiado contemplativa, demasiado justa. Y una mujer no tenía derecho a ser tan justa. La compañía de la naturaleza, del vasto firmamento y los bosques primitivos frenaría el progreso mórbido de su imaginación. Pasaría el tiempo en el campo y se dedicaría a vegetar: pasearía, montaría a caballo y leería los viejos libros de la biblioteca de Herbert.

Encontró a su hermano instalado en una casa muy bonita, a alrededor de una milla del pueblo más cercano, y a unas seis millas de otra ciudad, cuna de una pequeña pero antigua universidad, donde él impartía una clase a la semana. Se habían visto tan poco en los últimos años que apenas se conocían, pero entre ellos no había barreras que romper. Herbert Moore era uno de los hombres más sencillos y pacíficos del mundo, y uno de los estudiosos más pacientes y meticulosos. Siempre había tenido la sensación de que Adela era una joven propensa a disfrutar de placeres extravagantes y que, de alguna forma, llegaría a su casa acompañada de un séquito de divertidos acompañantes. No fue hasta después de pasar seis meses viviendo con ella cuando se dio cuenta de que su hermana llevaba una vida muy austera. Transcurridos otros seis meses, Adela había recuperado una maravillosa sensación de juventud y *naïveté*. Y aprendió, bajo la tutela de su hermano, a pasear, mejor dicho, a trepar —pues por la zona había grandes colinas—, a montar a caballo y a interesarse por la botánica. A finales de aquel primer año, en el mes de agosto, recibió la visita de una antigua amiga, una joven de su edad que había pasado el mes de julio en un balneario y estaba a punto de casarse. Adela había empezado a tener miedo de haber caído presa de una rusticidad casi irreparable y de haber perdido sus habilidades sociales, ese «conocimiento del mundo» por el que había sido tan admirada; pero después de una semana intercambiando confesiones con su amiga se convenció, no solo de que no había olvidado tanto como ella había temido, sino que tampoco había olvidado tanto como esperaba. Por ese motivo, entre otros, la partida de su amiga la dejó un tanto decaída. Se sentía sola e incluso un poco mayor: había perdido otra ilusión. Laura Benton, por quien hacía solo un año había sentido tanto afecto, ahora le parecía una persona superficial que hablaba de su novio con una ligereza prácticamente indecente.

Así las cosas, septiembre pasaba poco a poco. Una mañana, el señor Moore desayunó a toda prisa y tomó el tren con destino a Slowfield, donde debía asistir a una conferencia científica. Según explicó, cabía la posibilidad de que terminara pronto y le diera tiempo de volver a casa para almorzar o, por el contrario, podía retenerlo hasta la noche. Era prácticamente la primera vez desde que Adela vivía con él en el campo que se quedaba sola en casa durante varias horas. La silente presencia de su hermano era casi inapreciable y, sin embargo, ahora que estaba tan lejos, sintió una extraña sensación de libertad: el regreso de una sensación experimentada en su infancia cuando, a causa de alguna catástrofe doméstica, la habían dejado sola durante toda una mañana y hacía lo que quería. «¿Qué podía hacer?», se preguntaba con esa sonrisa que reservaba para sus monólogos interiores. Hacía muy buen día para trabajar, pero mucho mejor aún para divertirse. ¿Debería acercarse al pueblo y visitar a un puñado de personas aburridas? ¿Debería meterse en la cocina e intentar cocinar un pudin para la cena? Sentía unas ganas terribles de hacer algo prohibido, de jugar con fuego, de descubrir el armario de Barba Azul. Pero el pobre Herbert no tenía nada que ver con Barba Azul: aunque ella quemara toda la casa, él no le pediría ninguna explicación. Adela salió al porche, se sentó en los escalones y contempló el campo. Parecía el último día del verano. El cielo estaba de un azul muy apagado, las colinas boscosas se vestían de los tristes colores del otoño, la gran pineda que crecía detrás de la casa parecía haber capturado y apresado las brisas lastimeras.

Al mirar hacia el camino que conducía al pueblo, Adela pensó que quizá viniera alguien a visitarla, y estaba de tan buen humor que, si aparecía cualquier vecino, le seguiría la corriente. Cuando el sol trepó por el cielo, entró en la casa y se sentó con una labor ante un ventanal ovalado del segundo piso, desde donde, entre las cortinas de muselina y el marco exterior de plantas trepadoras, se veía el acceso principal a la casa. Mientras sacaba los hilos observaba la carretera con la profunda convicción de que estaba destinada a recibir una visita. El aire era templado, pese a que aún no hacía calor, y por la noche había caído una suave llovizna que había asentado el polvo.

Los nuevos amigos de Adela habían criticado desde el principio que fuera igual de simpática con todos los hombres y, lo que era todavía más sorprendente, con todas las mujeres. No solo no se dedicaba demasiado a cultivar sus amistades, sino que no tenía ninguna preferencia. Sin embargo, mientras miraba por aquella ventana abierta, sus reflexiones no eran completamente imparciales. Enseguida decidió que, para complacer los requisitos del momento, su visitante debía pertenecer a un sexo lo más distinto posible al suyo y, como gracias a las pocas diferencias que había logrado descubrir a favor de los muchachos del condado, la lista de jóvenes se reducía a un solo nombre en ese momento de necesidad, Adela únicamente tenía uno en la cabeza, el del señor Weatherby Pynsent, pastor de la Iglesia Unitaria. Si en lugar de tratarse de la historia de la señorita Moore, esta fuera la historia del señor Pynsent, podría resumirse fácilmente diciendo que estaba muy lejos de allí.

A pesar de estar acostumbrada a ceremonias mucho más ampulosas que las que él conducía, Adela había quedado tan encantada con uno de sus sermones, que había escuchado con actitud tolerante, que, al coincidir con él algún tiempo después, le había planteado lo que consideraba una duda religiosa bastante compleja. Él había rehuido la pregunta con elegancia y le había pedido permiso para visitarla y hablar acerca de sus «dificultades». Ese breve encuentro había conseguido que el corazón del pastor la adorase, y la media docena de ocasiones en las que él se las había ingeniado para verla habían servido para sumar velas a su altar. Y, sin embargo, cabe añadir que, aunque estuviera cautivo, el señor Pynsent no era ningún captor. Solamente era un joven pastor honrado que en ese momento resultaba ser la persona más comprensiva que ella tenía cerca. Adela, a sus veinticinco años, tenía un pasado y un futuro. Y el señor Pynsent le recordaba el primero y le daba alguna pista sobre el segundo.

Así, cuando la mañana dio paso al mediodía y Adela divisó en la lejanía la silueta de un hombre que avanzaba por la hierba de la cuneta balanceando el bastón al caminar, sonrió con cierta satisfacción. Pero incluso mientras sonreía tomó conciencia de que su corazón latía de una forma absurda. Se levantó y, lamentando esa emoción gratuita, se quedó inmóvil un momento medio decidida a no recibir a nadie. Mientras estaba allí plantada volvió a mirar en dirección a la carretera. Su amigo se había acercado pero, a medida que se iba aproximando, empezó a advertir que no se trataba de él. Enseguida se disiparon todas sus dudas: el caballero era un desconocido.

Delante de la casa convergían tres caminos y un olmo gigantesco, alto y esbelto como la silueta de un ramo de espigas; tenía un viejo banco a sus pies y hacía las veces de rotonda informal. El desconocido se acercaba por el lado opuesto de la carretera y, cuando llegó al olmo, se detuvo y miró a su alrededor, como si quisiera verificar alguna dirección que le hubieran dado. Y entonces cruzó al otro lado. Adela tuvo tiempo de ver, sin que él lo advirtiera, que se trataba de un joven corpulento, con barba y un sombrero blanco. Después del debido intervalo de tiempo, Becky, la doncella, subió a traerle una tarjeta en la que descuidadamente habían escrito a lápiz:

THOMAS LUDLOW

Nueva York

Mientras la hacía girar entre sus dedos, Adela se dio cuenta de que el caballero había utilizado el reverso de una tarjeta sustraída de la bandeja de su sala de estar. Había tachado el nombre impreso en el anverso, donde se leía: «Señor Weatherby Pynsent».

—Me ha pedido que se la diera, señora —explicó Becky—. La ha tomado de la bandeja.

—¿Ha preguntado directamente por mí?

—No, señora, ha preguntado por el señor Moore. Cuando le he dicho que el señor Moore no estaba en casa ha preguntado si podía hablar con algún miembro de su familia. Y le he dicho que usted era toda la familia que tenía, señora.

—Está bien —contestó Adela—. Bajo enseguida.

Sin embargo, y con el permiso de Adela, nosotros nos adelantaremos algunos pasos.

Tom Ludlow, como le llamaban sus amigos, era un joven de veintiocho años del que se podían escuchar las opiniones más variopintas, pues se le conocía (en realidad, no mucho) por ser uno de los hombres más queridos y más odiados al mismo tiempo. A pesar de haber nacido en uno de los círculos más bajos de la vida de Nueva York, siempre parecía estar en su elemento. Destilaba cierta aspereza en sus modales y en su aspecto que delataba su pertenencia al vasto vulgo. Sin embargo, era un joven bastante apuesto: poseía una figura ágil y era de estatura media, tenía una cabeza tan bien proporcionada que resultaba atractiva, unos ojos inquisitivos y receptivos, y una boca grande y masculina que constituía la parte más expresiva de su físico.

Al tener que buscarse la vida desde bien pequeño, había metido la cabeza en todo cuanto se le había puesto por delante tratando de ganarse el sustento y, en general, había resultado ser tan dura como aquello a lo que debía enfrentarse, y es posible que su aire de triunfador reflejara esa experiencia. Era un hombre muy inteligente y con mucha voluntad, pero nadie podía saber si sus sentimientos eran más fuertes que él. La gente lo apreciaba por ser un hombre franco, de buen humor, generalmente sensato y servicial, y lo detestaba por las mismas cualidades con diferentes nombres; es decir, por su imprudencia, su optimismo ofensivo y su avidez inhumana por la información. Cuando sus amigos insistían en su noble desinterés, sus enemigos se apresuraban a contestar que era comprensible ignorar y reprimir la propia sensibilidad mientras uno luchaba por hacerse con el conocimiento, pero que pisotear al resto de la humanidad al mismo tiempo denotaba un exceso de celo. Afortunadamente para Ludlow, en general no era una persona a la que se le diera muy bien escuchar y, de haber sido así, esa especie de coraza propia de los plebeyos habría protegido sus puntos más débiles; aunque cabe añadir que, si bien como cualquier buen demócrata era muy insensible, también como buen demócrata era extraordinariamente orgulloso. Siempre le habían interesado las ciencias naturales y, últimamente, había empezado a estudiar fósiles, precisamente la rama de la ciencia que cultivaba Herbert Moore, y era debido a ese asunto por lo que había ido a verlo después de una breve correspondencia.

Cuando Adela se acercó, él se apartó de la ventana, desde donde había estado contemplando el prado. Ella respondió a la amistosa inclinación de cabeza que él parecía haber hecho a modo de saludo.

—Supongo que es la señorita Moore —dijo Ludlow.

—La señorita Moore —contestó Adela.

—Le ruego que disculpe mi intromisión, pero he venido de muy lejos para ver al señor Moore por un asunto de trabajo y he pensado que podía aventurarme a preguntar cómo puedo ponerme en contacto con él o incluso dejarle un recado.

Acompañó sus palabras con una sonrisa bajo cuya influencia estaba escrito en el destino de Adela que debía bajar de su pedestal.

—No se disculpe, por favor —dijo—. En este lugar tan tranquilo y apartado apenas sabemos lo que es una intromisión. Por favor, tome asiento. Mi hermano estará fuera solo esta mañana, pero espero que vuelva por la tarde.

—¿Por la tarde? Vaya. En ese caso creo que le esperaré. Ha sido una estupidez por mi parte no avisar antes de venir. Pero he pasado todo el verano en la ciudad y no lamento que este asunto me haya alejado de ella durante algunas horas. Me fascina el campo y llevo muchos meses trabajando en un museo con olor a humedad.

—Es posible que mi hermano no regrese hasta el anochecer —especificó Adela—. No estaba del todo seguro. Tal vez tenga que ir a buscarlo a Slowfield.

Ludlow lo meditó un momento sin dejar de mirar a su anfitriona.

—Si vuelve por la tarde, ¿a qué hora llegará?

—Supongo que sobre las tres.

—Mi tren sale a las cuatro. Teniendo en cuenta que él tardará un cuarto de hora en llegar desde el pueblo y que yo tardaré otro cuarto de hora en llegar hasta allí (siempre que me permita utilizar su vehículo para regresar), dispondría de una media hora para verle. No podremos hablar mucho, aunque podría formularle las cuestiones básicas. Lo que más me urge es pedirle unas cartas; son unas cartas de recomendación para un grupo de científicos extranjeros. Él es el único hombre del país que está al corriente de todo cuanto sé yo. Creo que sería una lástima hacer dos trayectos innecesarios; es decir, posiblemente innecesarios, de una hora cada uno, pues lo más probable es que después regresáramos juntos. ¿No le parece? —preguntó con franqueza.

—Usted lo sabe mejor que yo —contestó Adela—. A mí no me gusta mucho ir a Slowfield, ni siquiera cuando es absolutamente necesario.

—Sí, además hace un día estupendo para dar un buen paseo por el campo. Hacía mucho tiempo que no tenía ocasión de hacerlo. Supongo que me quedaré.

Y dejó el sombrero en el suelo, a su lado.

—Ahora que lo pienso —dijo Adela—, me temo que el siguiente tren sale muy tarde y que al llegar allí le quedaría muy poco tiempo para hablar con él antes de que mi hermano tuviera que volver a casa. Aunque también podría usted convencerlo para que se quedara allí hasta la noche.

—¡Uy, no! Yo no podría hacer nada parecido. Podría resultar muy inconveniente para el señor Moore. Además, yo no tendría tiempo. Y lo cierto es que prefiero reunirme con un hombre en su propia casa, o en la mía; siempre que se trate de un hombre por el que sienta aprecio, y yo aprecio mucho a su hermano, señorita Moore. Cuando los hombres se reúnen a medio camino, ninguno se siente cómodo. Y lo cierto es que tienen ustedes una casa muy bonita —observó Ludlow mirando a su alrededor.

—Sí, es una casita muy hermosa —convino Adela.

Ludlow se levantó y se acercó a la ventana.

—Quiero contemplar las vistas —comentó—. Es un lugar precioso. Qué feliz debe de ser usted, señorita Moore, por tener siempre ante los ojos la belleza de la naturaleza.

—Pues sí, si un paisaje bonito puede hacer feliz a alguien, entonces yo debería serlo.

Y Adela se levantó también y se puso al otro lado de la mesa, delante de la ventana.

—¿No cree que pueda? —preguntó Ludlow dándose la vuelta—. Aunque no lo sé, quizá no sea así. Los lugares feos no tienen por qué hacer infelices a las personas. Yo llevo un año trabajando en una de las calles más estrechas, oscuras y sucias de Nueva York, y mi paisaje se compone de ladrillos herrumbrosos y canalones llenos de barro. Pero no creo que pueda considerarme una persona desgraciada. ¡Ojalá pudiera! Quizá de esa forma me ganaría su benevolencia.

Hablaba apoyado en el postigo de la ventana, al otro lado de las cortinas, con los brazos cruzados. La luz de la mañana le iluminaba el rostro y eso, sumado al brillo que emanaba de su risa radiante, hizo comprender a Adela que era un hombre lleno de vitalidad.

«En cualquier caso —se dijo Adela mientras aguardaba a la sombra de la otra cortina jugando con el abrecartas que había tomado de la mesa—, creo que es sincero. Me temo que no es un caballero, pero tampoco es aburrido.»

Lo miró a los ojos un momento.

—¿Por qué quiere ganarse mi benevolencia? —preguntó con una brusquedad de la que fue perfectamente consciente.

«¿Pretende que seamos amigos? —siguió pensando—. ¿O solo ha intentado hacerme un cumplido vulgar? Ambas alternativas serían de mal gusto, pero en especial la segunda.» Entretanto, su visitante ya le había contestado.

—¿Que por qué quiero su benevolencia? ¡Vaya! ¿Y para qué quiere nadie algo agradable en la vida?

—¡Pues espero que tenga usted cosas más agradables que esta! —exclamó nuestra heroína.

—Vendría muy bien para la ocasión —contestó el joven sonrojándose de un modo muy masculino ante la rapidez de su propia respuesta.

Adela miró el reloj que había en la repisa de la chimenea. Tenía curiosidad por saber cuánto tiempo llevaba en compañía de aquel invasor de su intimidad, con el que de pronto se encontraba intercambiando bromas tan personales. Solo hacía ocho minutos que lo conocía.

Ludlow la observó un momento.

—La estoy interrumpiendo y tendrá cosas que hacer —dijo, y se acercó a su sombrero—. Supongo que debería despedirme. —Y lo recogió.

Adela se quedó junto a la mesa y lo vio cruzar la estancia. Por expresar un sentimiento delicado en términos relativamente crudos, Adela no quería dejarlo marchar. La joven también advirtió que él lamentaba tener que irse. Sin embargo, la certeza de la situación apenas influyó en su ánimo. La verdad es que Adela (y lo decimos con todo el respeto) no era ninguna ingenua. Era una mujer modesta, sincera e inteligente, pero, como ya hemos comentado, tenía un pasado, un pasado en el que los admiradores inoportunos que se presentaban disfrazados de visitas matinales habían estado muy presentes, y una de sus habilidades era la destreza para eludirlos. Por tanto, su emoción predominante en ese momento no era tanto enfado con su acompañante sino sorpresa ante su propia mansedumbre, que era innegable.

«¿Estaré soñando? —se preguntó. Miró por la ventana y después volvió a mirar a Ludlow, que la observaba con el sombrero y el bastón en la mano—. ¿Debería darle permiso para que se quedara? Es sincero —se repitió—, ¿por qué no debería serlo yo también por una vez?»

—Lamento que tenga usted prisa —dijo en voz alta.

—No tengo prisa —contestó él.

Adela se volvió nuevamente hacia la ventana y contempló las colinas. Se hizo un silencio.

—Pensaba que la prisa la tenía usted —dijo Ludlow.

Adela se volvió hacia él.

—Mi hermano estará encantado de que se quede todo el tiempo que quiera y esperará que le ofrezca toda la hospitalidad que esté en mi mano.

—En ese caso le ruego que me la ofrezca.

—No hay problema. Eso es la sala de estar y allí, al otro lado del vestíbulo, está el despacho de mi hermano. Quizá le apetezca echar un vistazo a sus libros y sus colecciones. Yo no sé nada de eso y no le sería de mucha ayuda. Pero, si lo desea, puede usted entrar y ojear lo que le interese.

—Y eso, según lo interpreto, sería otra forma de separarme de usted.

—De momento, sí.

—Pero no sé si debería tomarme tales libertades con las cosas de su hermano, como usted me recomienda que haga.

—¿Recomendar? Yo no le recomiendo nada.

—Y si me niego a entrar en el santuario del señor Moore, ¿qué alternativa me queda?

—Pues tendrá que pensarla usted.

—Me parece que ha mencionado usted la sala de estar. Creo que elegiré ese espacio.

—Como prefiera. Ahí hay algunos libros y, si le apetece, puedo traerle periódicos. También hay muchas revistas científicas. ¿Puedo ayudarlo en algo más? ¿Está cansado de caminar? ¿Le apetece una copa de vino?

—¿Cansado de caminar? No exactamente. Es usted muy amable, pero ahora mismo no me apetece tomar vino. Y tampoco tiene que molestarse en traerme revistas científicas. No me apetece mucho leer. —Y entonces Ludlow se sacó el reloj del bolsillo y comparó la hora con la que señalaba el reloj de pared—. Me temo que su reloj adelanta un poco.

—Sí —reconoció Adela—, es muy probable.

—Unos diez minutos. Bueno, me parece que será mejor que salga a pasear.

Se acercó a Adela y le tendió la mano. Ella le dio la suya.

—Hace un día perfecto para dar un largo y tranquilo paseo —comentó la joven.

La única respuesta de Ludlow fue un apretón de manos. Se acercó lentamente hacia la puerta medio acompañado por Adela. «¡Pobrecillo!», se dijo. Había una puerta de verano hecha con un entramado verde, como un postigo; dejaba entrar una luz fría y lóbrega bajo la que Adela parecía un tanto pálida. Ludlow empujó la portezuela con el bastón y reveló un paisaje extenso, profundo y luminoso, enmarcado por las columnas del porche. Se detuvo en el umbral de la puerta balanceando el bastón.

—Espero no perderme —dijo.

—Espero que no. Mi hermano jamás me lo perdonaría.

Ludlow frunció un poco el ceño, pero en sus labios se dibujó una sonrisa.

—¿A qué hora debería regresar? —preguntó de repente.

Adela susurró:

—Cuando usted desee.

El joven se dio media vuelta dando la espalda a la resplandeciente entrada y miró el rostro de Adela, que estaba bañado de luz.

—Señorita Moore —dijo—, ¡yo no tengo ningunas ganas de separarme de usted!

Adela se debatía internamente. A fin de cuentas, ¿qué pasaría si su compañero se quedase con ella? Dadas las circunstancias, sería toda una aventura, pero ¿una aventura era necesariamente un crimen? La decisión era enteramente suya. Era la única dueña de sus actos y hasta la fecha siempre había sido justa. ¿No podía ser generosa por una vez? El lector ya habrá advertido la recurrencia de la expresión «por una vez» en las meditaciones de Adela. Se debía a que había empezado el día con una disposición muy romántica. Estaba predispuesta a sentirse interesada, y ahora que se le había presentado un fenómeno interesante, que estaba delante de ella en forma humana, o, mejor dicho, de un hombre muy vital, rebosante de reciprocidad, ¿iba a darle la espalda al destino? Si lo hacía solo conseguiría exponerse todavía más, pues supondría un insulto gratuito a la naturaleza humana. ¿Acaso el hombre que tenía delante no estaba cargado de buenas intenciones? ¿Y no bastaba con eso? No era lo que Adela solía considerar un caballero; a esa convicción llegó siguiendo una rápida diagonal, y ahora le servía como nuevo punto de partida. «Ya he visto todo cuanto pueden mostrarme los caballeros —rezaba su silogismo—: ¡vamos a probar algo nuevo!»

—No veo ningún motivo por el que deba marcharse tan deprisa, señor Ludlow —dijo en voz alta.

—¡Creo que sería la mayor estupidez que haya cometido en mi vida! —exclamó el joven.

—Pues sería una lástima —comentó Adela.

—¿Y me invita a entrar de nuevo en la sala de estar? Vengo a visitarla, ¿sabe? Antes venía a ver a su hermano. Es un asunto bastante sencillo. Usted y yo somos viejos amigos. Tenemos a su hermano en común. ¿No le parece?

—Puede usted aferrarse a la teoría que más le guste. Yo no le veo la complicación.

—Pues yo no lo veo tan sencillo —contestó Ludlow con una agradable sonrisa.

—¡Como prefiera!

Ludlow se apoyó en el marco de la puerta.

—Mire, señorita Moore, su amabilidad me vuelve dócil como un niño. Soy un hombre pasivo; estoy en sus manos, haga conmigo lo que quiera. No puedo evitar comparar mi destino con el que hubiera vivido de no haberla conocido. Hace un cuarto de hora yo ignoraba su existencia, usted no formaba parte de mi programa. No tenía ni idea de que su hermano tuviera una hermana. Cuando su doncella me habló de la «señorita Moore» confieso que esperaba encontrarme con una mujer mayor, alguien venerable, una anciana rígida que usaría expresiones como «por supuesto» o «muy bien, señor», y me habría dejado pasar toda la mañana recostado en un sillón en el vestíbulo del hotel. Eso demuestra lo necios que somos cuando intentamos predecir el futuro.

—No debemos dejar que la imaginación nos conduzca en ninguna dirección —sentenció Adela.

—¿Imaginación? No creo que yo tenga ninguna. No, señora. —Y Ludlow se enderezó—. Yo creo en el presente. Voy escribiendo mi programa sobre la marcha, o, en cualquier caso, eso haré en el futuro.

—Es usted muy inteligente —comentó Adela—. Suponga que escribe un programa para la próxima hora. ¿Qué podemos hacer? A mí me parece una lástima pasar en casa una mañana tan estupenda. Hay algo en el aire, no sabría decir qué, algo que parece advertirnos de que es el último día del verano. Deberíamos celebrarlo. ¿Le gustaría dar un paseo?

Adela había decidido que, para reconciliar su mencionada benevolencia con la conservación de su dignidad, su única opción era convertirse en la anfitriona perfecta. Una vez tomada la decisión, la joven representó el papel con naturalidad y elegancia. Era el único papel que podía interpretar y, sin embargo, eso no empañó las delicadas sensaciones que acompañaban a aquel episodio tan extraño, solo las legitimaba. No había duda de que a nadie lastimaría una aventura romántica asentada sobre una base tan convencional.

—Me encantaría salir a dar un paseo —dijo Ludlow—, un paseo con una parada al final.

—Siempre que también acepte hacer una parada justo al principio —comentó Adela—. Estaré con usted en unos minutos.

Cuando regresó luciendo su sombrerito y su chaqueta, encontró a su amigo sentado en los escalones del porche. Se levantó y le entregó una tarjeta.

—En su ausencia me han pedido que le entregue esto.

Adela leyó con cierto pesar el nombre del señor Weatherby Pynsent.

—¿Ha estado aquí? —preguntó—. ¿Por qué no ha entrado?

—Le he dicho que no se encontraba usted en casa. Aunque en ese momento no era cierto, sí que iba a serlo tan pronto que no valía la pena tener en consideración el intervalo. Se ha dirigido a mí, pues estaba sentado de tal forma que parecía el dueño de la casa; es decir, yo me encontraba en una ubicación tal que no le quedaba otra opción que dirigirse a mí, pero confieso que me ha mirado como si no se fiara de mi palabra. Dudaba entre confiarme su nombre o llamar a la criada. Creo que deseaba decirme que dudaba de mi veracidad, pues ha hecho ademán de tomar la campanilla. Y yo, temiendo que una vez dentro de la casa pudiera descubrir la verdad, le he informado con el tono más amable posible de que me ocuparía personalmente de transmitirle su recado si me lo confiaba.

—Me parece, señor Ludlow, que es usted un hombre sin escrúpulos. ¿Cómo sabía que el asunto del señor Pynsent no era urgente?

—¡No lo sabía! Pero sabía que no podía ser más urgente que el mío. No puede acusarme de nada, señorita Moore. Solo soy un hombre; si hubiera

dejado pasar a ese dulce clérigo, porque es un clérigo, ¿verdad?, habría actuado como un ángel.

Adela conocía un lugar apartado justo en el corazón de los campos, o eso le parecía, al que se proponía llevar a su amigo. El objetivo era elegir un lugar ni muy lejos ni muy cerca, y adoptar un paso ni muy rápido ni muy lento. Pero, aunque el alegre valle de Adela estaba por lo menos a dos millas de allí, y que ellos se entretuvieron bastante en llegar, Adela se sorprendió mucho cuando alcanzaron la rústica verja que daba acceso a la salvaje campiña. Cuando empezaron a pasear le asaltó la repentina convicción de que no podía haber nada malo en una excursión tan puramente bucólica como aquella, ni podía tener cabida argucia alguna en un espíritu tan sensible al influjo de la naturaleza y al aire melancólico del otoño incipiente como el de su compañero. Un hombre al que le gustan los niños inspira confianza en las jóvenes; y, del mismo modo, en menor grado, un hombre con gusto por la austera belleza de un paisaje de Nueva Inglaterra puede considerarse un tipo cargado de motivos puros. A Adela le encantaba contemplar las nubes, los árboles y los arroyos, los sonidos y los colores, los aires transparentes y los horizontes azules de su hogar adoptivo, y le tranquilizaba advertir que Ludlow también apreciaba aquellos modestos fenómenos. Sin embargo, el gozo que experimentaba Ludlow, por intenso que fuera, tenía que pelear contra el intenso abatimiento de un hombre que había pasado el verano observando especímenes en un laboratorio, y contra un impedimento de naturaleza menos material: la sensación de que Adela era una mujer muy atractiva.

Aun así, como era un gran conversador por naturaleza, expresó su satisfacción con mucho humor e ingenio. Adela pensaba que era un gran compañero para los espacios abiertos: era un hombre capaz de disfrutar al máximo del vasto horizonte y del altísimo cielo. La libertad de sus gestos, la sonoridad de su voz, el entusiasmo y la vivacidad general de sus acciones parecían requerir y justificar una ausencia absoluta de barreras. Cruzaron la verja y empezaron a pasear por los campos vacíos hasta que el terreno empezó a empinarse y a volverse pedregoso. Después de un breve ascenso, llegaron a una extensa llanura salpicada de piedras y matojos; por uno de los lados el paisaje se perdía por un precipicio bajo el que se extendían campos y ciénagas hasta llegar al río y, hacia el otro, en grupos diseminados de cedros y arces, que iban espesando y multiplicándose gradualmente hasta que el frondoso bosque teñía el horizonte de color púrpura. Había sol y sombra: el cielo despejado o la cúpula susurrante de un círculo de árboles que a Adela siempre le había recordado a los pinos de Villa Borghese. Adela abrió la marcha hasta un asiento soleado entre las rocas con vistas al curso del río, donde el murmullo de los cedros les ofrecía una compañía casi humana.

—Siempre me ha dado la impresión de que el viento agitando los árboles es la voz de los cambios —comentó Ludlow.

—Puede que lo sea —contestó Adela—. Los árboles siempre hablan de esa forma melancólica, y los hombres no dejan de cambiar.

—Sí, pero solo pueden presagiar el futuro, a eso me refiero, cuando hay alguien que pueda escucharlos; y más concretamente alguien que piense que su vida está a punto de cambiar. Entonces resultan bastante proféticos. ¿Sabe que lo dice Longfellow?

—Sí, ya sé que lo dice Longfellow. Pero parece que se le haya ocurrido a usted.

—A mí también me da esa impresión.

—¿Se cierne algún cambio importante sobre su vida?

—Sí, uno bastante importante.

—Me parece que eso es lo que dicen los hombres cuando están a punto de casarse —dijo Adela.

—Más bien voy a divorciarme. Me marcho a Europa.

—¡Vaya! ¿Muy pronto?

—Mañana —dijo Ludlow tras un breve silencio.

—¡Oh! —exclamó Adela—. ¡Cómo le envidio!

Ludlow, que estaba sentado mirando a la colina y lanzaba piedras a la llanura, apreció cierta disparidad en el tono de las exclamaciones de su compañera. La primera había sido natural, la segunda la había fingido. Se volvió hacia ella, pero la joven había perdido la mirada en la lejanía. Entonces él se perdió en sus pensamientos. Analizó la situación a toda prisa. Allí estaba, Tom Ludlow, un trabajador obstinado: sin fortuna, sin reputación, sin antecedentes, cuyo entorno estaba formado exclusivamente por hombres vulgares, y que nunca había tenido madre, hermana ni una novia de buena familia que le enseñara lo necesario para saber hablar con las mujeres; lo más cerca que había estado de una dama elegante había sido en alguna multitud para recibir un mecánico «gracias» (como si él fuera un policía) por alguna ayuda accidental que hubiera prestado. Y en ese momento se encontraba inmerso en una repentina escena pastoral en compañía de una joven que sin duda era superior a él. Sabía muy bien que le gustaría disfrutar de la compañía de alguien así (siempre que no fuera una mocosa impertinente, claro), pero nunca se le había ocurrido imaginar que se le podía presentar la oportunidad. ¿Debía suponer de pronto que ese brillante don era suyo, el don que se conoce como éxito en la relación entre sexos? Por lo menos la inferencia era lógica. Él le había causado una buena impresión. ¿Por qué otro motivo iba a confraternizar con él una joven tan refinada? Al pensar en cómo había ido todo, Ludlow se estremeció de satisfacción. «Todo está relacionado con mi vieja teoría de que un proceso nunca es demasiado simple. No he empleado artimañas. Y en un caso como este yo no habría sabido por dónde empezar. Ha sido mi ignorancia de las normas lo que me ha salvado. A las mujeres les gustan los caballeros, de eso no hay duda, pero prefieren a los hombres», pensó.

Había sido ese toque de naturalidad que había percibido en el tono de Adela lo que le había dado que pensar, pero comparado con la sinceridad de su propia actitud no delataba, a fin de cuentas, ninguna emoción indebida. Ludlow había aceptado el hecho de su adaptabilidad al temperamento despreocupado de una mujer cultivada con un espíritu bastante racional, y no se sentía tentado de exagerar su importancia. No era la clase de hombre que fuera a embriagarse de triunfo cuando todo podía ser superficial. «Si la señorita Moore es tan lista, o tan necia, como para sentir algo por mí media hora después de haberme conocido, por mí encantado —se dijo—. Sin duda —añadió mientras observaba el agudo perfil de la joven—, no voy a gustarle por lo que no soy.»

Sin embargo, se precisa una mujer mucho más inteligente (¡gracias a Dios!) que la mayoría —desde luego, más inteligente que Adela— para

Georgie Porgie jamás volvió a hacer una sola referencia a la economía del hogar.

Tres meses mas tarde, después de enviar y recibir varias cartas misteriosas que Georgina no pudo entender y que odió precisamente por ese motivo, Georgie Porgie anunció que se marchaba y que ella debía regresar a casa de su padre y quedarse allí con él.

Georgina se echó a llorar. Ella acompañaría a su Dios hasta el fin del mundo. ¿Por qué debía dejarlo? Ella le quería.

—Solo voy a Rangún —dijo Georgie Porgie—. Volveré dentro de un mes, pero es más seguro que te quedes con tu padre. Te dejaré doscientas rupias.

—Si solo te vas un mes, ¿para qué necesito doscientas rupias? Con cincuenta tengo más que suficiente. Aquí hay algo que no encaja. No te marches, o por lo menos deja que vaya contigo.

A Georgie Porgie no le gusta recordar ese momento, ni siquiera hoy en día. Finalmente, se deshizo de Georgina acordando dejarle setenta y cinco rupias. Ella se negó a aceptar más. Y entonces se marchó en un vapor y después continuó su viaje en tren hasta Rangún.

Las cartas misteriosas le habían proporcionado un permiso de seis meses. Tanto la huida como la sensación de que podía haberse comportado de una forma desleal lo atormentaron un tiempo, pero en cuanto el gran barco de vapor estuvo en alta mar las cosas fueron cada vez más sencillas, y el rostro de Georgina, y la curiosa casita de la empalizada, y el recuerdo de las persecuciones de los bandidos al caer la noche, y los gritos y el forcejeo del primer hombre que mató con sus propias manos, y cientos de otros pensamientos mucho más personales fueron desapareciendo del corazón de Georgie Porgie, y ante él apareció la visión de Inglaterra. El barco estaba lleno de hombres de permiso, descontroladas almas alegres que se habían sacudido el polvo y el sudor del norte de Birmania y estaban tan contentos como un grupo de niños con zapatos nuevos. Ellos ayudaron a Georgie Porgie a olvidar.

Y entonces llegó Inglaterra con sus lujos, sus costumbres y sus comodidades, y Georgie Porgie se adentró en una especie de placentero sueño de calles asfaltadas —¡prácticamente había olvidado cómo sonaban bajo

sus zapatos!—, y se preguntaba por qué querría cualquier hombre en sus cabales abandonar la ciudad. Acogió la gran satisfacción que le producía su permiso como una recompensa por sus servicios. Y la providencia todavía le preparó otra agradable sorpresa, aún mayor: todos los encantos de un sereno idilio inglés, tan distinto de los acalorados acuerdos comerciales de Oriente, en el que la mitad de la comunidad aguarda a cierta distancia y hace apuestas sobre el resultado y la otra mitad se pregunta qué opinará la señora Fulana o Mengana.

Era una joven agradable y un verano perfecto; la enorme casa de campo se encontraba cerca de Petworth, donde crecen acres y más acres de brezo púrpura y praderas de hierbas altas por las que pasear. Georgie Porgie tenía la sensación de haber encontrado al fin algo por lo que valía la pena vivir y, naturalmente, pensó que lo que debía hacer a continuación era pedirle a la joven que se marchara a vivir con él a la India. Ella, en su ignorancia, estaba dispuesta a ir con él. En esa ocasión no tuvo que regatear con el cabecilla del pueblo. Se celebró una boda de clase media en el campo, con un padre corpulento y una madre emocionada, y un padrino que vestía un traje púrpura de lino fino, y seis jovencitas de nariz respingona de la Escuela Dominical que lanzaban pétalos de rosa en el camino que discurría entre las lápidas hasta la puerta de la iglesia. El periódico del pueblo publicó un artículo completo acerca del enlace, incluyendo también los himnos de la ceremonia. Pero solo fue porque la dirección andaba corta de noticias que publicar.

Después pasaron la luna de miel en Arundel, y la madre lloró amargamente antes de permitir que su única hija se marchara a la India bajo la tutela de Georgie Porgie, el novio. No había ninguna duda de que Georgie Porgie estaba muy enamorado de su esposa y de que ella sentía una gran devoción por él, pues lo consideraba el mejor hombre del mundo.

Cuando se presentó ante sus superiores en Bombay, a Georgie Porgie le pareció justo pedir un buen destino pensando en el bien de su esposa y, como había dejado muy buena impresión en Birmania y empezaba a ser un hombre muy valorado, le concedieron casi todo lo que pidió y lo enviaron a un lugar que llamaremos Sutrain. Se asentaba sobre varias colinas y oficialmente se lo conocía como «El Sanatorio» por la sencilla razón de que tenía un terrible sistema de alcantarillado. Georgie Porgie se instaló allí y la vida matrimonial le resultó muy sencilla. No deliraba emocionado, como les ocurre a muchos recién casados, debido a la extrañeza y el placer de ver a su amada compartiendo el desayuno con él cada mañana «como si fuera lo más normal del mundo». «Ya había pasado por eso», como dicen los norteamericanos y, cuando comparaba las virtudes de Grace —su actual esposa— con las de Georgina, cada vez estaba más convencido de que había hecho bien.

Pero no había paz al otro lado de la bahía de Bengala, bajo los árboles de teca donde Georgina vivía con su padre esperando a que Georgie Porgie regresara. El cabecilla del pueblo era viejo y recordaba la guerra de 1851. Había estado en Rangún y sabía algunas cosas sobre las costumbres de los *kullahs*. Y sentado a la puerta de su casa por las noches, le inculcaba a Georgina una ardua filosofía que no la consolaba en absoluto.

El problema era que ella amaba tanto a Georgie Porgie como la muchacha francesa de los libros de historia inglesa amaba al sacerdote al que decapitaron los matones del rey. Y un día la joven desapareció de la aldea con todas las rupias que le había dado Georgie Porgie y las nociones de inglés que tenía, también gracias a Georgie Porgie.

Al principio el cabecilla se puso furioso, pero después encendió un puro y dijo algo desagradable acerca del sexo en general. Georgina se había ido a buscar a Georgie Porgie, que, por lo que ella sabía, podía estar en Rangún o al otro lado de las Aguas Negras o muerto. Pero la suerte estaba de su parte: un viejo policía sij le dijo que Georgie Porgie había cruzado las Aguas Negras. La joven compró un billete de tercera clase desde Rangún a Calcuta manteniendo en secreto su búsqueda.

En la India se le perdió el rastro durante seis semanas y nadie sabe qué calamidades debió de pasar. Reapareció cuatrocientas millas al norte de Calcuta y siguió avanzando hacia el norte, muy cansada y ojerosa, pero decidida a encontrar a Georgie Porgie. No entendía el idioma de aquella gente, pero la India es un lugar muy caritativo y las mujeres que se iba encontrando por el Grand Trunk le daban comida. Y algo la convenció de que encontraría a Georgie Porgie al final de aquella implacable carretera. Es posible que se topara con un cipayo que lo hubiera conocido en Birmania, pero nadie lo sabe a ciencia cierta. Finalmente, a principios de marzo dio con un regimiento y allí se encontró con uno de los muchos soldados a los que Georgie Porgie había invitado a cenar durante aquellos días lejanos en los que se dedicaban a cazar bandidos. Todos los soldados se rieron mucho cuando Georgina se postró a los pies del hombre y se echó a llorar. Pero cuando les explicó su historia ya no les pareció tan divertida: hicieron una colecta, y aún hubo más. Uno de los soldados conocía el paradero de Georgie Porgie, pero no sabía que se había casado. Así que se lo dijo a Georgina y ella se marchó muy contenta en dirección al norte en un vagón de tren donde pudo descansar sus pies fatigados y su cabecita sucia. Los senderos que subían desde la estación de tren hasta las colinas de Sutrain eran agotadores, pero Georgina tenía dinero y las familias que viajaban en carros de bueyes le prestaron ayuda. Fue un viaje casi milagroso, y Georgina estaba convencida de que los buenos espíritus birmanos la protegían. La abrupta carretera que conduce a Sutrain es muy fría y Georgina contrajo un resfriado terrible. Pero ella sabía que al final de todas las dificultades encontraría a Georgie Porgie y él la tomaría en sus brazos y la protegería, como solía hacer en los viejos tiempos cuando la empalizada ya estaba cerrada por la noche y él había disfrutado de la cena. Georgina siguió avanzando lo más rápido que pudo y sus buenos espíritus le concedieron un último favor.

Un hombre inglés la detuvo, al atardecer, justo antes de entrar en Sutrain, y le dijo:

—¡Cielo santo! ¿Qué está haciendo usted aquí?

Se trataba de Gillis, el hombre que había sido ayudante de Georgie Porgie en el norte de Birmania y que ahora era su segundo en la jungla. Georgie Porgie había solicitado que fuera a trabajar con él a Sutrain porque se llevaban bien.

—He venido —anunció Georgina—. He recorrido un camino muy largo y he tardado meses en llegar. ¿Dónde está su casa?

Gillis carraspeó. Conocía lo suficiente a Georgina como para saber que no serviría de nada darle explicaciones. A los orientales no se les puede explicar las cosas. Hay que enseñárselas.

—La llevaré hasta allí —dijo Gillis, y acompañó a Georgina colina arriba, por un sendero hasta la parte trasera de una casa asentada sobre una plataforma instalada en la ladera.

Acababan de encender las lámparas, pero todavía no habían corrido las cortinas.

—Y ahora mire —anunció Gillis deteniéndose delante de la ventana de la sala de estar.

Georgina miró y vio a Georgie Porgie y a su mujer.

Se llevó la mano al pelo, que había escapado de su moño y le caía sobre la cara. Intentó arreglarse un poco el vestido harapiento, pero estaba tan arrugado que era imposible alisarlo, y se le escapó una tos muy fea, pues había agarrado un resfriado muy malo. Gillis también miró, pero mientras que Georgina apenas había recalado en la esposa y solo parecía ver a Georgie Porgie, Gillis miraba a la esposa todo el tiempo.

—¿Qué pretende hacer? —preguntó Gillis, que tenía a Georgina sujeta por la muñeca por si acaso se le ocurría correr hacia la luz—. ¿Va a entrar ahí para contarle a esa mujer inglesa que estuvo usted viviendo con su marido?

—No —contestó Georgina al fin—. Suélteme. Me marcho. Le juro que me marcho.

Se soltó y desapareció en la oscuridad.

—¡Pobrecilla! —exclamó Gillis regresando a la carretera—. Le habría dado algo para que pudiera regresar a Birmania. ¡Ha ido de un pelo! Y ese ángel jamás lo habría olvidado.

Esto parece demostrar que la devoción de Gillis no se debía solo al afecto que sentía por Georgie Porgie.

Los recién casados salieron al porche después de cenar para que el humo de los puros que fumaba Georgie Porgie no impregnara las cortinas del salón.

—¿Qué es ese ruido? —quiso saber la esposa. Y los dos escucharon con atención.

—Supongo que algún campesino salvaje ha estado golpeando a su mujer.

—¿Golpeando a su mujer? ¡Qué barbaridad! —exclamó la esposa—. ¿Te imaginas? ¡Pegarme!

Entonces abrazó a su marido por la cintura, apoyó la cabeza en su hombro y dejó vagar su mirada por el valle cargado de nubes sintiéndose complacida y segura.

Pero era Georgina, que lloraba, sola, a los pies de la colina, entre las piedras del río donde los lavanderos lavan la ropa.

Los ojos sombríos

Horacio Quiroga
(1878-1937)

Después de las primeras semanas de romper con Elena, una noche no pude evitar asistir a un baile. Hallábame hacía largo rato sentado y aburrido en exceso, cuando Julio Zapiola, viéndome allí, vino a saludarme. Es un hombre joven, dotado de rara elegancia y virilidad de carácter. Lo había estimado muchos años atrás, y entonces volvía de Europa, después de larga ausencia.

Así nuestra charla, que en otra ocasión no hubiera pasado de ocho o diez frases, se prolongó esta vez en larga y desahogada sinceridad. Supe que se había casado; su mujer estaba allí mismo esa noche. Por mi parte, lo informé de mi noviazgo con Elena y su reciente ruptura. Posiblemente me quejé de la amarga situación, pues recuerdo haberle dicho que creía de todo punto imposible cualquier arreglo.

—No crea en esas sacudidas—me dijo Zapiola con aire tranquilo y serio—. Casi nunca se sabe al principio lo que pasará o se hará después. Yo tengo en mi matrimonio una novela infinitamente más complicada que la suya; lo cual no obsta para que yo sea hoy el marido más feliz de la tierra. Óigala, porque a usted podrá serle de gran provecho. Hace cinco años me vi con gran frecuencia con Vezzera, un amigo del colegio a quien había querido mucho antes, y sobre todo él a mí. Cuanto prometía el muchacho se realizó plenamente en el hombre; era como antes inconstante, apasionado, con depresiones y exaltamientos femeniles. Todas sus ansias y suspicacias eran enfermizas, y usted no ignora de qué modo se sufre y se hace sufrir con este modo de ser.

»Un día me dijo que estaba enamorado, y que posiblemente se casaría muy pronto. Aunque me habló con loco entusiasmo de la belleza de su novia, esta apreciación suya de la hermosura en cuestión no tenía para mí ningún valor. Vezzera insistió, irritándose con mi orgullo.

»—No sé qué tiene que ver el orgullo con esto—le observé.

»—¡Si es eso! Yo soy enfermizo, excitable, expuesto a continuos mirajes y debo equivocarme siempre. ¡Tú, no! ¡Lo que dices es la ponderación justa de lo que has visto!

»—Te juro...

»—¡Bah; déjame en paz! —concluyó cada vez más irritado con mi tranquilidad, que era para él otra manifestación de orgullo. Cada vez que volví a verlo en los días sucesivos, lo hallé más exaltado con su amor. Estaba más delgado, y sus ojos cargados de ojeras brillaban de fiebre.

»—¿Quieres hacer una cosa? Vamos esta noche a su casa. Ya le he hablado de ti. Vas a ver si es o no como te he dicho.

»Fuimos. No sé si usted ha sufrido una impresión semejante; pero cuando ella me extendió la mano y nos miramos, sentí que por ese contacto tibio, la espléndida belleza de aquellos ojos sombríos y de aquel cuerpo mudo, se infiltraba en una caliente onda en todo mi ser.

»Cuando salimos, Vezzera me dijo:

»—¿Y?... ¿es como te he dicho?

»—Sí —le respondí.

»—¿La gente impresionable puede entonces comunicar una impresión conforme a la realidad?

»—Esta vez, sí —no pude menos de reírme.

»Vezzera me miró de reojo y se calló por largo rato.

»—¡Parece —me dijo de pronto— que no hicieras sino concederme por suma gracia su belleza!

»—¿Pero estás loco? —le respondí.

»Vezzera se encogió de hombros como si yo hubiera esquivado su respuesta. Siguió sin hablarme, visiblemente disgustado, hasta que al fin volvió otra vez a mí sus ojos de fiebre.

»—¿De veras, de veras me juras que te parece linda?

»—¡Pero claro, idiota! Me parece lindísima; ¿quieres más?

»Se calmó entonces, y con la reacción inevitable de sus nervios femeninos, pasó conmigo una hora de loco entusiasmo, abrasándose al recuerdo de su novia.

»Fui varias veces más con Vezzera. Una noche, a una nueva invitación, respondí que no me hallaba bien y que lo dejaríamos para otro momento. Diez días más tarde respondí lo mismo, y de igual modo en la siguiente semana. Esta vez Vezzera me miró fijamente a los ojos:

»—¿Por qué no quieres ir?

»—No es que no quiera ir, sino que me hallo hoy con poco humor para esas cosas.

»—¡No es eso! ¡Es que no quieres ir más!

»—¿Yo?

»—Sí; y te exijo como a un amigo, o como a ti, que me digas justamente esto: ¿por qué no quieres ir más?

»—¡No tengo ganas!... ¿Te gusta?

»Vezzera me miró como miran los tuberculosos condenados al reposo, a un hombre fuerte que no se jacta de ello. Y en realidad, creo que ya se precipitaba su tisis.

»Se observó enseguida las manos sudorosas, que le temblaban.

»—Hace días que las noto más flacas... ¿Sabes por qué no quieres ir más? ¿Quieres que te lo diga?

»Tenía las ventanas de la nariz contraídas, y su respiración acelerada le cerraba los labios.

»—¡Vamos! No seas... cálmate, que es lo mejor.

»—¡Es que te lo voy a decir!

»—¿Pero no ves que estás delirando, que estás muerto de fiebre? —le interrumpí. Por dicha, un violento acceso de tos lo detuvo. Lo empujé cariñosamente.

»—Acuéstate un momento... estás mal.

»Vezzera se recostó en mi cama y cruzó sus dos manos sobre la frente.

»Pasó un largo rato en silencio. De pronto me llegó su voz, lenta:

»—¿Sabes lo que te iba a decir?... Que no querías que María se enamorara de ti... Por eso no ibas.

»—¡Qué estúpido! —me sonreí.

»—¡Sí, estúpido! ¡Todo, todo lo que quieras!

»Quedamos mudos otra vez. Al fin me acerqué a él.

»—Esta noche vamos —le dije —. ¿Quieres?

»—Sí, quiero.

»Cuatro horas más tarde llegábamos allá. María me saludó como si hubiera dejado de verme el día anterior, sin parecer en lo más mínimo preocupada de mi larga ausencia.

»—Pregúntale siquiera —se rio Vezzera con visible afectación— por qué ha pasado tanto tiempo sin venir.

»María arrugó imperceptiblemente el ceño, y se volvió a mí con risueña sorpresa:

»—¡Pero supongo que no tendría deseo de visitarnos!

»Aunque el tono de la exclamación no pedía respuesta, María quedó un instante en suspenso, como si la esperara. Vi que Vezzera me devoraba con los ojos.

»—Aunque deba avergonzarme eternamente —repuse— confieso que hay algo de verdad...

»—¿No es verdad? —se rio ella.

»Pero ya en el movimiento de los pies y en la dilatación de las narices de Vezzera, conocí su tensión de nervios.

»—Dile que te diga —se dirigió a María —por qué realmente no quería venir.

»Era tan perverso y cobarde el ataque, que lo miré con verdadera rabia. Vezzera afectó no darse cuenta, y sostuvo la tirante expectativa con el convulsivo golpeteo del pie, mientras María tornaba a contraer las cejas.

»—¿Hay otra cosa? —se sonrió con esfuerzo.

»—Sí, Zapiola te va a decir...

»—¡Vezzera! —exclamé.

»—... Es decir, no el motivo suyo, sino el que yo le atribuía para no venir más aquí... ¿sabes por qué?

»—Porque él cree que usted se va a enamorar de mí —me adelanté, dirigiéndome a María.

»Ya antes de decir esto, vi bien claro la ridiculez en que iba a caer; pero tuve que hacerlo. María soltó la risa, notándose así mucho más el cansancio de sus ojos.

»—¿Sí? ¿Pensabas eso, Antenor?

»—No, supondrás... era una broma —se rio él también.

»La madre entró de nuevo en la sala, y la conversación cambió de rumbo.

»—Eres un canalla —me apresuré a decirle en los ojos a Vezzera, cuando salimos.

»—Sí —me respondió mirándome claramente—. Lo hice a propósito.

»—¿Querías ridiculizarme?

»—Sí... quería.

»—¿Y no te da vergüenza? ¿Pero qué diablos te pasa? ¿Qué tienes contra mí?

»No me contestó, encogiéndose de hombros.

»—¡Anda al demonio! —murmuré. Pero un momento después, al separarme, sentí su mirada cruel y desconfiada fija en la mía.

»—¿Me juras por lo que más quieras, por lo que quieras más, que no sabes lo que pienso?

»—No —le respondí secamente.

»—¿No mientes, no estás mintiendo?

»—No miento.

»Y mentía profundamente.

»—Bueno, me alegro... Dejemos esto. Hasta mañana. ¿Cuándo quieres que volvamos allá?

»—¡Nunca! Se acabó.

»Vi que verdadera angustia le dilataba los ojos.

»—¿No quieres ir más? —me dijo con voz ronca y extraña.

»—No, nunca más.

»—Como quieras, mejor... No estás enojado, ¿verdad?

»—¡Oh, no seas criatura! —me reí.

»Y estaba verdaderamente irritado contra Vezzera, contra mí...

»Al día siguiente Vezzera entró al anochecer en mi cuarto. Llovía desde la mañana, con fuerte temporal, y la humedad y el frío me agobiaban. Desde el primer momento noté que Vezzera ardía en fiebre.

»—Vengo a pedirte una cosa—comenzó.

»—¡Déjate de cosas! —interrumpí—. ¿Por qué has salido con esta noche? ¿No ves que estás jugando tu vida con esto?

»—La vida no me importa... dentro de unos meses esto se acaba... mejor. Lo que quiero es que vayas otra vez allá.

»—¡No! Ya te dije.

»—¡No, vamos! ¡No quiero que no quieras ir! ¡Me mata esto! ¿Por qué no quieres ir?

»—Ya te he dicho: ¡no-qui-e-ro! Ni una palabra más sobre esto, ¿oyes?

»La angustia de la noche anterior tornó a desmesurarle los ojos.

»—Entonces —articuló con voz profundamente tomada— es lo que pienso, lo que tú sabes que yo pensaba cuando mentiste anoche. De modo... Bueno, dejemos, no es nada. Hasta mañana.

»Lo detuve del hombro y se dejó caer enseguida en la silla, con la cabeza sobre sus brazos en la mesa.

»—Quédate —le dije—. Vas a dormir aquí conmigo. No estés solo.

»Durante un rato nos quedamos en profundo silencio. Al fin articuló sin entonación alguna:

»—Es que me dan unas ganas locas de matarme...

»—¡Por eso! ¡Quédate aquí!... No estés solo.

»Pero no pude contenerlo, y pasé toda la noche inquieto.

»Usted sabe qué terrible fuerza de atracción tiene el suicidio, cuando la idea fija se ha enredado en una madeja de nervios enfermos. Habría sido menester que a toda costa Vezzera no estuviera solo en su cuarto. Y aun así, persistía siempre el motivo.

»Pasó lo que temía. A las siete de la mañana me trajeron una carta de Vezzera, muerto ya desde cuatro horas atrás. Me decía en ella que era demasiado claro que yo estaba enamorado de su novia, y ella de mí. Que en cuanto a María, tenía la más completa certidumbre y que yo no había hecho sino confirmarle mi amor con mi negativa a ir más allá. Que estuviera yo lejos de creer que se mataba de dolor, absolutamente no. Pero él no era hombre capaz de sacrificar a nadie a su egoísta felicidad, y por eso nos dejaba libres a mí y a ella. Además, sus pulmones no daban más... era cuestión de tiempo. Que hiciera feliz a María, como él hubiera deseado..., etc.

»Y dos o tres frases más. Inútil que le cuente en detalle mi turbación de esos días. Pero lo que resaltaba claro para mí en su carta —para mí que lo conocía— era la desesperación de celos que lo llevó al suicidio. Ese era el único motivo; lo demás: sacrificio y conciencia tranquila, no tenía ningún valor.

»En medio de todo quedaba vivísima, radiante de brusca felicidad, la imagen de María. Yo sé el esfuerzo que debí hacer, cuando era de Vezzera, para dejar de ir a verla. Y había creído adivinar también que algo semejante pasaba en ella. Y ahora, ¡libres!, sí, solos los dos, pero con un cadáver entre nosotros.

»Después de quince días fui a su casa. Hablamos vagamente, evitando la menor alusión. Apenas me respondía; y aunque se esforzaba en ello, no podía sostener mi mirada un solo momento.

»—Entonces —le dije al fin levantándome— creo que lo más discreto es que no vuelva más a verla.

»—Creo lo mismo —me respondió.

»Pero no me moví.

»—¿Nunca más? —añadí.

»—No, nunca... como usted quiera—rompió en un sollozo, mientras dos lágrimas vencidas rodaban por sus mejillas.

»Al acercarme se llevó las manos a la cara, y apenas sintió mi contacto se estremeció violentamente y rompió en sollozos. Me incliné detrás de ella y le abracé la cabeza.

»—Sí, mi alma querida... ¿quieres? Podremos ser muy felices. Eso no importa nada... ¿quieres?

»—¡No, no! —me respondió—. No podríamos... no, ¡imposible!

»—¡Después, sí, mi amor!... ¿Sí, después?

»—¡No, no, no! —redobló aún sus sollozos.

»Entonces salí desesperado, y pensando con rabiosa amargura que aquel imbécil, al matarse, nos había muerto también a nosotros dos.

»Aquí termina mi novela. Ahora, ¿quiere verla?

—¡María! —se dirigió a una joven que pasaba del brazo—. Es hora ya; son las tres.

—¿Ya? ¿Las tres? —se volvió ella—. No hubiera creído. Bueno, vamos. Un momentito.

Zapiola me dijo entonces:

—Ya ve, amigo mío, cómo se puede ser feliz después de lo que le he contado. Y su caso... Espere un segundo.

Y mientras me presentaba a su mujer:

—Le contaba a X cómo estuvimos nosotros a punto de no ser felices.

La joven sonrió a su marido, y reconocí aquellos ojos sombríos de que él me había hablado, y que como todos los de ese carácter, al reír destellan felicidad.

—Sí —repuso sencillamente—, sufrimos un poco...

—¡Ya ve! —se rio Zapiola despidiéndose—. Yo en lugar suyo volvería al salón.

Me quedé solo. El pensamiento de Elena volvió otra vez; pero en medio de mi disgusto me acordaba a cada instante de la impresión que recibió Zapiola al ver por primera vez los ojos de María.

Y yo no hacía sino recordarlos.

Felicidad

KATHERINE MANSFIELD
(1888-1923)

A pesar de sus treinta años, Bertha Young todavía tenía momentos como este, en los que sentía ganas de correr en vez de andar, de dar algunos pasitos de baile por la acera, hacer rodar un aro, lanzar algo al aire y volver a agarrarlo, o quedarse quieta y reír por nada, de nada en particular.

¿Qué puede hacer una si con treinta años, al volver la esquina de su calle, le asalta una sensación de felicidad repentina, ¡de felicidad absoluta!, como si de pronto se hubiera tragado un brillante pedazo del sol de media tarde y le ardiera en el pecho provocándole una lluvia de chispas por todo el cuerpo?

¿Hay alguna forma de expresar dicho sentimiento sin parecer «beodo o trastornado»? ¡Qué absurda es la civilización! ¿Para qué tenemos cuerpo si nos vemos obligados a mantenerlo confinado en un estuche como si fuera un valioso violín?

«No, la comparación con el violín no sirve para ilustrar lo que quiero decir —pensó corriendo escaleras arriba mientras buscaba dentro del bolso la llave, que, como de costumbre, había olvidado, y repiqueteaba los dedos sobre el buzón—. No lo ilustra porque...»

—Gracias, Mary —Bertha entró en el vestíbulo—. ¿Ha regresado ya la niñera?

—Sí, señora.

—¿Y han traído la fruta?

—Sí, señora; ya está aquí.

—Por favor, llévela al comedor. La colocaré antes de subir.

El comedor estaba en penumbra y bastante frío, pero Bertha se quitó el abrigo de todas formas: no podía soportarlo abrochado ni un segundo más. El aire fresco le acarició los brazos.

Sin embargo, en su pecho seguía ardiendo ese fulgor y una cascada de diminutas chispas que emergían de él. Era casi insoportable. Apenas se atrevía a respirar por miedo a alimentarlo y, aun así, lo hacía muy profundamente. Tampoco se atrevía a mirar el frío espejo, pero lo hizo, y en él vio a una mujer radiante, de sonrientes labios trémulos, con unos grandes ojos oscuros y aspecto de estar escuchando, aguardando a que ocurriera algo... algo divino que sabía que iba a suceder... de manera infalible.

Mary trajo la fruta en una bandeja, además de un cuenco de cristal y un plato azul, muy hermoso, cubierto por una extraña pátina brillante, como si lo hubieran bañado en leche.

—¿Quiere que encienda las luces, señora?

—No, gracias. Veo bien.

Había mandarinas y manzanas moteadas de tonos rosados; algunas peras amarillas suaves como la seda; uvas blancas con reflejos plateados y un gran racimo de uvas moradas. Estas últimas las había comprado para que hicieran juego con la nueva alfombra del comedor. Sí, ya sabía que parecía descabellado y absurdo, pero ese era el auténtico motivo por el que las había comprado. En la tienda había pensado: «Tengo que comprar algunas uvas moradas para proyectar la alfombra en la mesa». Y en ese momento le había parecido que la idea tenía sentido.

Cuando hubo terminado de alzar dos pirámides con aquellas relucientes formas redondas se alejó de la mesa para observar el efecto, que resultaba muy curioso: daba la impresión de que la mesa oscura se fusionaba con la penumbra de la estancia, y el plato de cristal y el cuenco azul parecían flotar en el aire. Y aquello, sin duda debido a su estado de ánimo, le resultó tan hermoso que se echó a reír.

«No, no, me estoy volviendo histérica.» A continuación, tomó el bolso y el abrigo y subió a toda prisa a la habitación de la niña.

La niñera estaba sentada a una mesita y le estaba dando de cenar a la pequeña B. después de haberla bañado. La niña llevaba una bata de franela blanca y una chaqueta de lana azul, y lucía su precioso cabello oscuro peinado en un divertido moñito. Al ver a su madre, alzó la vista y empezó a saltar.

—Venga, preciosa, sé buena y cómetelo todo —dijo la niñera apretando los labios de una forma que Bertha ya conocía: significaba que había vuelto a entrar en la habitación en mal momento.

—¿Ha sido buena hoy, Tata?

—Ha pasado una tarde encantadora —comentó la niñera en voz queda—. Hemos ido al parque, me he sentado en una silla y la he sacado del cochecito; entonces ha venido un perro enorme y me ha apoyado la cabeza en las rodillas, y la niña le ha tirado de la oreja. Debería haberla visto.

Bertha quiso preguntar si no era muy peligroso dejar que la niña le tirara de la oreja a un perro desconocido. Pero no se atrevió. Se quedó mirándolas con los brazos caídos, como una niña pobre delante de otra niña rica que tiene una muñeca.

La pequeña volvió a levantar la vista, se la quedó mirando y le dedicó una sonrisa tan adorable que Bertha no pudo evitar gimotear:

—Oh, Tata, deje que me encargue yo de darle la cena mientras usted recoge las cosas del baño.

—Ya sabe la señora que no es bueno que la niña cambie de manos mientras está comiendo —dijo la niñera todavía en voz baja—. Se inquieta, es muy probable que se irrite.

¡Qué absurdo! ¿De qué servía tener un bebé si después debía dejarlo, no en un estuche como el violín valioso, sino a cargo de otra mujer?

—¡Pero quiero hacerlo! —exclamó.

La niñera, muy ofendida, le entregó a la pequeña.

—Bueno, pero no la altere después de cenar. Ya sabe que lo hace, señora. ¡Y después me cuesta mucho dormirla!

Gracias a Dios la niñera se marchó con las toallas de baño.

—Ahora te tengo para mí sola, preciosa —dijo Bertha mientras la niña se apoyaba en su pecho.

Comió muy bien, levantando los labios en busca de la cuchara y agitando las manitas después de cada cucharada. A veces no quería soltarla y, otras, justo cuando Bertha la había llenado, manoteaba para apartarla.

Cuando terminó la sopa, Bertha se volvió hacia el fuego.

—¡Eres preciosa, encantadora! —dijo besando a su cálido bebé—. Te quiero. Me encantas.

Y lo cierto es que la quería mucho. Le encantaba contemplar su cuello al inclinarse hacia delante, los exquisitos dedos de sus pies, que brillaban translúcidos a la luz del fuego. Tanto la amaba que volvió a percibir esa sensación de felicidad, y tampoco en esa ocasión supo cómo expresarla, ni qué hacer con ella.

—La llaman por teléfono —anunció la niñera regresando con aire de triunfo y tomando en brazos a la pequeña B.

Bajó corriendo. Era Harry.

—¿Eres tú, Ber? Se me ha hecho tarde. Tomaré un taxi y llegaré tan pronto como pueda, pero retrasa la cena diez minutos, ¿quieres?

—Claro, perfecto. Oye...

—¿Sí?

¿Qué podía decirle? No tenía nada que decir. Solo quería seguir en contacto con él un momento más. No podía exclamar sin más: «¡¿No has tenido un día fabuloso?!».

—¿Qué ocurre? —carraspeó la vocecita.

—Nada. *Entendu* —contestó Bertha, y colgó el auricular pensando que la civilización era completamente absurda.

Tenían invitados a cenar. Los Norman Knight, una pareja maravillosa: él estaba a punto de inaugurar un teatro y ella era una gran decoradora de interiores; un joven, llamado Eddie Warren, que acababa de publicar un librito de poemas y con quien todo el mundo quería cenar, y un «hallazgo» de Bertha: Pearl Fulton. Bertha no sabía a qué se dedicaba la señorita Fulton. Se habían conocido en el club y Bertha se había quedado fascinada con ella, cosa que siempre le ocurría con todas las muchachas hermosas que tenían algo extraño.

Lo que más curiosidad le provocaba era que, aunque habían coincidido y charlado bastantes veces, Bertha no terminaba de comprenderla. Hasta cierto punto la señorita Fulton era insólita y maravillosamente sincera, pero esa línea estaba allí y era imposible cruzarla.

¿Habría algo más? Harry afirmaba que no. La definía como una mujer «aburrida y fría, como todas las rubias, quizá incluso con un poco de anemia cerebral». Pero Bertha no estaba de acuerdo con él; por lo menos, no de momento.

—No, esa forma que tiene de sentarse ladeando un poco la cabeza y sonriendo oculta algo, Harry, y tengo que averiguar qué es.

—Probablemente tenga un buen estómago —contestaba Harry.

Siempre conseguía sorprender a Bertha con respuestas de ese tipo: «Tiene el hígado congelado, querida», «es una narcisista» o «será una enfermedad de riñón», y demás cosas por el estilo. Por alguna extraña razón, a Bertha aquello le gustaba, y casi lo admiraba.

Entró en la sala de estar y encendió el fuego. Después tomó los cojines que Mary había dispuesto con tanto esmero y fue repartiéndolos por los sillones y los sofás. Aquello lo cambió todo, la estancia se iluminó de repente. Cuando estaba a punto de colocar el último almohadón se sorprendió abrazándolo apasionadamente, con mucha fuerza. Pero eso no sofocó el fuego que ardía en su pecho. ¡Al contrario!

Las ventanas de la sala de estar daban a un balcón con vistas al jardín. Al fondo, pegado a la pared, crecía un altísimo y esbelto peral en flor: era perfecto, como si estuviera inmóvil recortado contra el cielo verde jade. Bertha advirtió, incluso a aquella distancia, que no tenía ni un solo brote o pétalo marchito. Abajo, en los arriates del jardín, los tulipanes rojos y amarillos, preñados de flores, parecían apoyarse en la oscuridad. Un gato gris cruzó el césped arrastrando la tripa, seguido de otro negro, que era como su sombra. Al verlos, tan sigilosos y veloces, Bertha sintió un curioso escalofrío.

—¡Qué criaturas tan espeluznantes! —musitó, y alejándose de la ventana empezó a pasearse por la habitación.

¡Qué intenso era el olor de los narcisos en la cálida estancia! ¿Demasiado fuerte? Oh, no. Y, sin embargo, como si estuviera abrumada por la fragancia, se dejó caer en un sillón y se presionó los ojos con las manos.

—Soy demasiado feliz, ¡demasiado! —murmuró.

Y pareció ver, proyectado tras sus párpados, el precioso peral con sus enormes flores abiertas como símbolo de su propia vida.

Y lo cierto era que sí lo tenía todo. Era joven. Harry y ella estaban más enamorados que nunca y se llevaban muy bien, eran grandes amigos. Tenía un bebé adorable. No tenían que preocuparse por el dinero. Vivían en una casa con jardín absolutamente perfecta. Y tenían amigos —modernos, unos amigos apasionantes, escritores, pintores, poetas o personas interesadas por cuestiones sociales— justo la clase de amigos que les gustaban. Y tenían muchos libros, escuchaban música, ella había encontrado una modista maravillosa, el próximo verano viajarían al extranjero y su nueva cocinera hacía unas tortillas espectaculares...

—Soy absurda. ¡Absurda!

Se incorporó, pero estaba un poco mareada, como ebria. Debía de ser por la primavera.

Sí, era la primavera. De pronto se sentía tan cansada que la idea de subir a vestirse le resultaba tediosa.

Eligió un vestido blanco, un collar de cuentas verde jade, zapatos y medias verdes. No era casual. Había pensado en aquel plan varias horas antes de asomarse a la ventana de la sala de estar.

Los pliegues de su vestido crujieron con suavidad cuando entró en el vestíbulo y besó a la señora Knight, que estaba quitándose un estrambótico abrigo naranja adornado con una procesión de monos negros alrededor del dobladillo y las solapas.

—¿Por qué será que la clase media es tan aburrida y tiene tan poco sentido del humor? Querida, estoy aquí por casualidad, y Norman ha sido mi amuleto. Mis queridos monos han revolucionado de tal manera a los pasajeros del tren que todo el mundo me miraba. No se reían, no les divertían; eso me habría encantado. Solamente me miraban, me atravesaban con la mirada.

—Pero lo mejor ha sido... —intervino Norman llevándose al ojo un enorme monóculo montado en carey—. No te importa que lo cuente, ¿verdad, Carita? —En su casa y cuando estaban entre amigos se llamaban Carita y Careto—. Lo mejor ha sido que cuando se ha hartado, Carita se ha vuelto hacia la mujer que tenía a su lado y ha dicho: «¿Es que nunca ha visto un mono?».

—¡Ay, sí! —La señora Knight se unió a las risas—. Ha sido divertido, ¿verdad?

Sin embargo, lo que resultó más divertido todavía fue que cuando se quitó el abrigo, la señora Knight realmente parecía un mono muy inteligente que se hubiera confeccionado ese vestido de seda amarilla con pieles de plátano. Y sus pendientes de ámbar parecían dos pequeñas nueces colgantes.

—¡Qué otoño tan triste! —afirmó Careto deteniéndose delante del cochecito de la pequeña B.—. «Cuando el cochecito está en el vestíbulo...» —y calló el resto de la cita haciendo un gesto vago con la mano.

Sonó el timbre. Era ese joven flaco y pálido, Eddie Warren, que llegaba, como era habitual, en un estado de absoluta angustia.

—Estoy en la casa correcta, ¿verdad? —preguntó.

—Pues espero que sí —contestó Bertha con alegría.

—He tenido una experiencia horrible con un taxista; era un tipo de lo más siniestro. No conseguía que se detuviera. Cuanto más golpeaba el cristal para avisarle, más corría él. Y a la luz de la luna, su silueta era una estrambótica figura con la cabeza achatada y encorvada sobre el pequeño volante...

Se estremeció mientras se quitaba el inmenso pañuelo de seda blanca que llevaba al cuello. Bertha advirtió que sus calcetines también eran blancos: una combinación encantadora.

—Qué horror —exclamó.

—Sí que lo ha sido —convino Eddie siguiéndola hasta la sala de estar—. Me he visto camino a la eternidad en un taxi sin taxímetro.

A los señores Knight ya los conocía. En realidad, iba a escribir una obra para él cuando inaugurase el teatro.

—¿Qué, Warren, cómo va la obra? —preguntó Norman Knight bajando el monóculo y dando a su ojo un momento para emerger a la superficie antes de quedar atrapado de nuevo tras el cristal.

Y la señora Knight comentó:

—Oh, señor Warren, qué calcetines tan bonitos.

—Me alegro mucho de que le gusten —contestó mirándose los pies—. Se ven mucho más desde que ha salido la luna. —Volvió su esbelto, afligido y joven rostro hacia Bertha, y dijo—: Porque esta noche hay luna, ¿lo sabía?

Ella sintió ganas de exclamar: «¡Estoy segura de que la hay a menudo, muy a menudo!».

Lo cierto era que Warren era muy atractivo. Pero también lo era Carita, inclinada delante del fuego envuelta en su vestido de pieles de plátano, y Careto, que preguntó mientras dejaba caer la ceniza de su cigarrillo:

—¿Por qué se retrasa tanto el novio?

—Ya llega.

Se escuchó un portazo en la puerta principal y Harry aulló:

—¡Hola a todos! Bajo en cinco minutos.

Y lo escucharon correr escaleras arriba. Bertha no pudo evitar sonreír: sabía muy bien que a él le encantaba hacer las cosas bajo presión. A fin de cuentas, ¿qué importancia tenían cinco minutos más o menos? Pero él se convencía de que eran de suma importancia. Y después terminaría causando una gran impresión apareciendo en la sala de estar completamente tranquilo y sereno.

Harry sabía vivir la vida y Bertha lo admiraba por ello. También admiraba y comprendía sus ganas de luchar, de encontrar en todas las adversidades una nueva prueba de su fuerza y su valor; incluso cuando eso mismo lo hacía parecer, en ocasiones y a ojos de personas que no lo conocían bien, un tanto ridículo, pues había momentos en los que se enzarzaba en batallas que en realidad no existían. Bertha se entretuvo conversando y riendo, y no fue hasta que Harry apareció en la sala tal como ella había imaginado cuando se dio cuenta de que Pearl Fulton todavía no había llegado.

—Me pregunto si la señorita Fulton habrá olvidado la cita.

—Eso espero —dijo Harry—. ¿Tiene teléfono?

—¡Ah! Ahí llega un taxi. —Y Bertha sonrió con ese aire de propiedad que siempre adoptaba mientras sus amigas seguían siendo tan misteriosas—. Esta chica vive en los taxis.

—Si eso es cierto acabará engordando —dijo Harry con frialdad mientras hacía sonar la campana para avisar de que les sirvieran la cena—. Un terrible peligro para las mujeres rubias.

—¡Harry! —le reprendió Bertha riendo.

Aguardaron un minuto más divirtiéndose y hablando con total despreocupación, quizá con demasiada confianza. Y entonces apareció la señorita Fulton con un vestido plateado y una diadema a juego con la que sujetaba su pálido cabello rubio. Entró sonriendo y con la cabeza un tanto ladeada.

—¿Llego tarde?

—En absoluto —contestó Bertha—. Venga.

La tomó del brazo y entraron en el comedor.

¿Qué tendría el contacto de su brazo frío que consiguió atizar y romper a arder ese fuego de felicidad con el que Bertha no sabía qué hacer?

La señorita Fulton no lo advirtió, pues no acostumbraba a mirar a las personas a la cara. Sus espesas pestañas se cernían sobre sus ojos y lucía una extraña sonrisa en los labios: parecía que viviera para escuchar en lugar de ver. Pero Bertha tuvo una repentina certeza, como si hubieran intercambiado una larga e íntima mirada, como si se hubieran dicho la una a la otra: «¿Tú también?». Supo que Pearl Fulton, allí sentada removiendo la preciosa sopa roja del plato gris, estaba sintiendo exactamente lo mismo que ella.

¿Y los demás? Carita y Careto, como Eddie y Harry, charlaban mientras subían y bajaban las cucharas, se limpiaban los labios con la servilleta, troceaban el pan y utilizaban los tenedores y los vasos.

—La conocí en una función del Alpha, es una persona rarísima. Además de haberse cortado mucho el pelo, también parecía haberse amputado un buen trozo de cada pierna, los brazos y el cuello, y parte de su pobre nariz.

—¿No está muy *liée* con Michael Oat?

—¿El autor de *El amor con dentadura postiza*?

—Quiere escribir una obra para mí. Un acto. Un solo hombre que decide suicidarse. Expone todos los motivos por los que debería hacerlo y después los que tiene para no quitarse la vida. Y justo cuando se ha decidido, ya sea a hacerlo o a no hacerlo, cae el telón. No es mala idea.

—¿Y cómo la va a titular? *¿Digestión pesada?*

—Me parece que he leído sobre la misma idea en una revista francesa, bastante desconocida en Inglaterra.

No, ellos no se sentían igual que ella. Ellos eran encantadores, ¡mucho! Y a ella le agradaba tenerlos allí, sentados a su mesa, y ofrecerles alimentos y vinos deliciosos. Le hubiera gustado decirles lo maravillosos que eran y lo decorativo que era el grupo que conformaban; parecían motivarse los unos a los otros, le recordaban a una obra de Chéjov.

Harry estaba disfrutando de la cena. Formaba parte de su..., no de su naturaleza, exactamente, y tampoco de su actitud, sino de ese algo tan suyo, eso que solía hacer de hablar sobre la comida y vanagloriarse de su «desmedida pasión por la carne blanca de la langosta» y «el verde de los helados de pistacho, tan verdes y fríos como los párpados de las bailarinas egipcias».

Cuando la miró y dijo: «Bertha, ¡este suflé está increíble!», ella estuvo a punto de echarse a llorar de felicidad como si fuera una niña.

¿Por qué sentía esa ternura hacia todo el mundo aquella noche? Todo era estupendo, todo le parecía bien. Todo lo que ocurría parecía llenar de nuevo su ya rebosante copa de felicidad.

Y, sin embargo, no dejaba de pensar en el peral. Ahora se debía de ver plateado bajo la luz de la luna a la que había hecho alusión el pobre y querido Eddie, tan plateado como la señorita Fulton, que estaba allí sentada haciendo girar una mandarina entre sus largos dedos, tan pálidos que parecían emitir luz.

Lo que no lograba comprender, lo que le parecía milagroso, era que hubiera adivinado el estado anímico de la señorita Fulton con tanta exactitud y tanta rapidez, pues no dudaba ni por un momento de que lo había adivinado y, sin embargo, ¿en qué se basaba? En menos que nada.

«Imagino que es algo que ocurre a veces entre mujeres, pero nunca entre hombres —pensó Bertha—. Quizá mientras preparo el café en la sala de estar ella me dé alguna una señal.»

Lo cierto era que no sabía a qué se refería con eso, y era incapaz de imaginar qué ocurriría a continuación.

Mientras pensaba en esas cosas seguía hablando y riendo. Tenía que seguir hablando para contener las muchas ganas que tenía de echarse a reír.

«Moriré si no me río», pensó.

Pero cuando advirtió la divertida costumbre que tenía Carita de meterse la mano por el escote del corpiño, como si llevara allí escondida una provisión secreta de frutos secos, Bertha tuvo que clavarse las uñas en las palmas de las manos para reprimir las carcajadas.

Por fin terminó la cena:

—Vengan a ver mi cafetera nueva —dijo Bertha.

—Tenemos una nueva cada quince días —apuntó Harry.

Esa vez fue Carita quien la agarró del brazo; la señorita Fulton las siguió con la cabeza agachada.

El fuego de la sala de estar se había ido apagando hasta quedar reducido a un «nido de pequeños fénix» rojo y parpadeante, como observó Carita.

—No encienda la luz todavía. Es precioso. —Y volvió a agacharse junto a las brasas. «Siempre tiene frío sin su chaquetilla de franela roja», pensó Bertha.

En ese momento la señorita Fulton «le hizo la señal».

—¿Tienen jardín? —preguntó con su voz serena y adormilada.

Lo expresó con tanta delicadeza que Bertha no pudo hacer más que obedecer. Cruzó la estancia, descorrió las cortinas y abrió los grandes ventanales.

—¡Ahí lo tiene! —musitó.

Y las dos mujeres se quedaron una al lado de la otra contemplando el esbelto peral en flor. Estaba tan inmóvil que parecía la llama de una vela que se alargara y señalara, que se estremeciera en el aire luminoso; y mientras lo contemplaban parecía crecer más y más, casi hasta alcanzar el borde de la redonda luna plateada.

¿Cuánto tiempo estuvieron allí? Ambas atrapadas en aquel círculo de luz fantasmal, como si fueran criaturas de otro planeta que se comprendieran perfectamente la una a la otra y se preguntaran qué debían hacer en este mundo con el feliz tesoro que ardía en su pecho y caía, en forma de flores plateadas, de su cabello y de sus manos.

¿Pasó una eternidad? ¿Sería solo un momento? La señorita Fulton murmuró: «Sí. Justo eso». ¿O Bertha lo soñó?

Entonces alguien encendió la luz y Carita preparó el café. Harry dijo:

—Querida señora Knight, no me pregunte por mi hija. Apenas la veo. No pienso interesarme por ella hasta que tenga novio.

Careto liberó un momento el ojo de su prisión de cristal y después lo volvió a recluir. Eddie Warren se tomó el café y dejó la taza con una expresión angustiada en el rostro, como si hubiera visto una araña en el fondo de la taza.

—Lo que quiero es ofrecer un buen trampolín a los jóvenes. Creo que Londres está llena de obras buenas todavía por escribir. Lo que quiero decirles es: «Aquí tenéis el teatro. Disparad».

—¿Sabe? Voy a decorar una estancia para los Jacob Nathan. Estoy muy tentada de utilizar el tema del pescado frito: los respaldos de las sillas tendrían forma de sartén y las cortinas lucirían un precioso bordado de patatas fritas.

—El problema de nuestros escritores jóvenes es que siguen siendo demasiado románticos. Nadie puede hacerse a la mar sin marearse y precisar una palangana. ¿Por qué no tienen el valor de decirlo claro?

—Un poema horrible sobre una muchacha que fue violada por un vagabundo sin nariz en un bosquecillo...

La señorita Fulton se sentó en el sillón más bajo y hondo, y Harry le ofreció cigarrillos.

Se plantó delante de ella agitando la caja de plata y anunció con aspereza:

—¿Egipcios? ¿Turcos? ¿Virginia? Están todos mezclados.

Bertha se dio cuenta, al ver la actitud de su marido, de que a Harry no solo le parecía aburrida, sino que la detestaba. Y al escucharla contestar: «No, gracias, no voy a fumar», comprendió que la señorita Fulton también se había dado cuenta y estaba dolida.

«Oh, Harry, no la odies. Te equivocas por completo con ella. Es maravillosa, de verdad. Además, ¿cómo puedes sentir algo tan distinto a lo que siento yo por una persona que significa tanto para mí? Cuando estemos en la cama esta noche intentaré explicarte lo que ella y yo hemos compartido hace un rato.»

Aquellas palabras despertaron algo extraño y terrible en la mente de Bertha. Y esa sensación ciega y sonriente le susurró: «Pronto se marcharán todos. La casa se quedará tranquila, serena. Se apagarán las luces y él y tú os quedaréis a solas en vuestro oscuro dormitorio, en la cama caliente...».

Se levantó del sillón de un brinco y corrió hacia el piano.

—¡Qué pena que nadie sepa tocar! —exclamó—. ¡Una auténtica lástima!

Por primera vez en su vida, Bertha Young deseaba a su marido. Lo había querido mucho, había estado enamorada de él, sin duda, en todos los demás sentidos, pero no como en ese momento. Y también había comprendido que él era distinto. Lo habían hablado muchas veces. Al principio a ella le había preocupado mucho descubrir que era tan fría, pero después de un tiempo pareció que ya no importaba. Tenían una relación basada en la confianza, eran grandes amigos. Y eso era lo mejor de los matrimonios modernos.

Pero de pronto ¡lo deseaba con ardor, con mucho ardor! La mera palabra laceraba su cuerpo abrasado. ¿Era eso lo que significaba aquella sensación de felicidad? Pero entonces, entonces...

—Querida —dijo la señora Knight—, ya conoce usted nuestras limitaciones: dependemos del tiempo y del tren. Vivimos en Hampstead y debemos marcharnos ya. Lo hemos pasado muy bien.

—Saldré a despedirles al vestíbulo —dijo Bertha—. Me ha encantado verlos. Pero no quiero que pierdan el tren. Qué fastidio, ¿no?

—¿Quiere tomar un whisky antes de marcharse, Knight? —dijo Harry.

—No, gracias, amigo.

Como muestra de afecto por ese trato, Bertha le estrechó la mano al despedirse.

—¡Buenas noches, y adiós! —gritó desde el último escalón con la sensación de que una parte de ella se estaba despidiendo de ellos para siempre.

Cuando regresó al salón los demás también se preparaban para marcharse.

—... entonces puede hacer parte de su trayecto en mi taxi.

—Agradeceré mucho no tener que enfrentarme a otro viaje solo después de mi desagradable experiencia de esta tarde.

—Pueden tomar un taxi en la parada que hay al final de la calle. Solo tendrán que caminar unas yardas.

—Qué bien. Iré a ponerme el abrigo.

La señorita Fulton se marchó al vestíbulo y cuando Bertha hizo ademán de seguirla, Harry le tomó la delantera.

—Permítame que la ayude.

Bertha supuso que su marido estaba arrepentido de su actitud y dejó que la acompañara él. En algunos aspectos era muy niño, ¡tan impulsivo, tan sencillo!

Y Eddie y ella se quedaron junto al fuego.

—Me estaba preguntando si habría leído el nuevo poema de Bilk, el que se titula *Table d'Hôte* —dijo Eddie con delicadeza—. Es maravilloso. Está en la última antología. ¿Tiene un ejemplar? Me encantaría enseñárselo. Empieza con un verso increíblemente bello: «¿Por qué siempre tiene que haber sopa de tomate?».

—Sí —dijo Bertha.

Y se dirigió sin hacer ruido hasta una mesa que estaba delante de la puerta de la sala de estar seguida de Eddie. Bertha tomó el librito y se lo dio sin que ninguno de los dos hiciera el menor ruido.

Mientras Eddie buscaba el poema, ella volvió la cabeza hacia el vestíbulo. Vio a Harry con el abrigo de la señorita Fulton en las manos y a esta de espaldas a él con la cabeza ladeada. Él soltó el abrigo de pronto, la agarró de los hombros y la volvió hacia él con fuerza. Sus labios dijeron: «Te adoro», y la señorita Fulton le posó sus dedos hechos de rayos de luna en la mejilla y esbozó esa sonrisa perezosa suya. Harry se estremeció y sonrió de una forma espantosa mientras susurraba: «Mañana», y la señorita Fulton aceptó con una caída de pestañas.

—Aquí está —dijo Eddie—. «¿Por qué siempre tiene que haber sopa de tomate?» Es completamente cierto, ¿no le parece? La sopa de tomate es insoportablemente eterna.

—Si lo prefiere —dijo la voz de Harry, con fuerza, desde el vestíbulo—, puedo pedirle un taxi para que venga a recogerla a la puerta.

—Oh, no. No hace falta —contestó la señorita Fulton, y se acercó a Bertha y le tendió sus livianos dedos.

—Adiós. Muchas gracias.

—Adiós —dijo Bertha.

La señorita Fulton le estrechó un poco más la mano.

—¡Qué peral tan hermoso! —murmuró.

Y se marchó seguida de Eddie, como el gato negro que había seguido al gato gris.

—Yo cerraré —dijo Harry extrañamente relajado y sereno.

«¡Qué peral tan hermoso, el peral, el peral!»

Bertha corrió a los ventanales.

—¿Y qué va a pasar ahora? —gritó.

Pero el peral seguía siendo tan hermoso como siempre, con las mismas flores e igual de inmóvil.